www.ingramcontent.com/pod-product-compliance
Lightning Source LLC
LaVergne TN
LVHW050953051026
849532LV00005B/1814
* 9 7 8 9 3 5 8 7 2 3 0 2 1 *

بیگ احساس

کے پانچ یادگار افسانے

مرتبہ:

سید حیدرآبادی

Baig Ehsas ke 5 yaadgaar Afsane (Short Stories)
by: Syed Hyderabadi
Edition: April '2024
Publisher :
Taemeer Publications LLC (Michigan, USA / Hyderabad, India)

ISBN 978-93-5872-302-1

9 789358 723021

کتاب	:	**بیگ احساس کے پانچ یادگار افسانے**
مرتب	:	**سید حیدرآبادی**
پروف ریڈنگ / تدوین	:	اعجاز عبید / مکرم نیاز
صنف	:	فکشن
ناشر	:	تعمیر پبلی کیشنز (حیدرآباد، انڈیا)
سالِ اشاعت	:	۲۰۲۴ء
صفحات	:	۶۰
سرورق ڈیزائن	:	تعمیر ویب ڈیزائن

فہرست

دھار

صبح جاگنے کے بعد اس نے حسب معمول شیو کرنا چاہا تو اسے اپنا شیونگ سیٹ جگہ پر نہیں ملا۔ سارا کمرہ دیکھ لیا۔ بچے بھی اس کے کمرے میں نہیں آتے تھے اس کی چیزوں کو کوئی ہاتھ نہیں لگاتا تھا۔ اسے سخت غصہ آیا۔ جب سے اس کا لڑکا واپس آگیا تھا اس کا موڈ بے حد خراب رہنے لگا تھا۔ اس نے بیوی کو بلا کر ڈانٹا کہ وہ اس کی چیزوں کا خیال نہیں رکھتی۔ اس کی بیوی بھی حیران تھی کہ آخر شیونگ سیٹ کہاں گیا۔ اس نے گھر کا کونا کونا چھان مارا ہر ممکن جگہ دیکھ لی لیکن وہ سیٹ نہیں ملا۔

برسوں کی عادت تھی۔ چودہ برس کے عمر سے وہ برابر شیو کر رہا تھا۔ صبح جاگتے ہی پہلا کام یہی ہوتا۔ اتنے برس گزر گئے اس کے معمول میں فرق نہیں آیا تھا۔ آج تک کسی نے اس کی داڑھی بڑھی ہوئی نہیں دیکھی تھی۔ بیماری اور سفر کی حالت میں بھی وہ شیو کرنے سے کبھی نہ چوکتا۔ تیز دھار کی بلیڈ جب تک اس کے گالوں پر نہ دوڑتی وہ خود کو تروتازہ محسوس نہیں کرتا تھا۔ پنشن کے بعد اس کے بہت سے دوستوں نے شراب چھوڑ دی اور داڑھی بڑھالی تھی۔ لیکن وہ آج بھی بہترین بلیڈ اور قیمتی شراب استعمال کرتا تھا۔

کس کی حرکت ہو سکتی ہے؟ اس نے سوچا۔

اس کا بیٹا تو مولوی ہے پورا مولوی ۔۔۔ اس نے تو داڑھی رکھ چھوڑی ہے۔ سیاہ شرعی داڑھی۔ اسے یہ سب پسند نہیں تھا۔ ایک خاص حلیہ جس سے مذہبیت ٹپکتی ہو اسے بالکل پسند نہ تھا۔ اس کا خیال تھا تمام مذاہب انسانوں کے لیے آئے ہیں، انسانوں سے نفرت کرنے کے لیے نہیں۔ سارے مذاہب کچھ خاص زمانے میں مخصوص حالات میں اس دور کے لوگوں کے لیے آئے تھے اب وہ پرانے ہو چکے ہیں موجودہ دور میں ناقابلِ عمل ۔۔۔ سب اپنے مذہب کو بہتر سمجھتے ہیں کوئی کسی کی برتری تسلیم نہیں کرتا نتیجے میں کتنے تصادم، کتنے فسادات، کتنی جنگیں ہوئیں۔ سارے مذاہب کے پیشوا عظیم انسان تھے انھوں نے ایک اچھے معاشرے کے لیے محنت کی۔ آج بھی پرانی باتوں کو دہرانے کی بجائے ایسی ہی کوشش کی جانی چاہیے۔

اس نے اپنے بیٹے کو روکا نہیں۔ وہ چاہتا تھا کہ وہ خود ہی اپنے طور پر دنیا کو برتے اور فیصلے کرے۔ اسے دیکھ کر کوفت ضرور ہوتی تھی۔

اور اب اس کے لڑکے کو بڑے زور کا دھکا لگا تھا۔ ویسے وہ بھی اندر سے ہل گیا تھا۔ ادھر کچھ برسوں سے وہ محسوس کر رہا تھا کہ اس کے نظریات کو پے در پے شکست ہو رہی ہے۔ اس کی طرح سوچنے والے کم ہوتے جا رہے ہیں۔ صارفیت کے طوفان میں سب بہہ رہے ہیں۔ زیادہ سے زیادہ پیسہ کمانے کے لیے آدمی دنیا کے کسی بھی کونے میں جانے کے لیے تیار ہے۔

جب ملک تقسیم ہوا اس وقت وہ جوان تھا۔ ہر شخص بھاگ رہا تھا، تحفظ کے لیے، بہتر مستقبل کے لیے، مفت میں جائیداد حاصل کرنے کے لیے۔ پاسپورٹ کی بھی ضرورت نہیں تھی، بس سرحد پار کرنا تھا۔ اس کی ماں کا اصرار تھا کہ وہ ادھر چلے جائیں۔ لیکن وہ یہیں رہنا چاہتا تھا، اپنے ملک میں۔ جب بھی فسادات ہوتے اس کی ماں اس کی

طرف سوالیہ نظروں سے دیکھتی لیکن اسے کوئی شرمندگی نہیں ہوتی۔ اس کے اپنے خواب تھے، انسانیت پر بھروسا تھا۔ جب جہالت دور ہوگی لوگوں کو شعور آئے گا تو سب ٹھیک ہو جائے گا۔ یہ سب مذہبی جنون ہے۔ اُدھر بھی بہت چین اور سکون نہیں تھا۔ کچھ عرصہ بعد اسے معمولی سی سرکاری ملازمت مل گئی۔ وہ اسی میں خوش تھا۔ شادی ہوئی۔ بچے ہوئے۔ بہت خوش حالی تو نہیں تھی لیکن وہ ایک باوقار زندگی گزار رہا تھا۔ بچے سرکاری اسکول میں پڑھتے تھے لیکن اچھا پڑھتے تھے۔

دوسری بار پھر وہ ایک کڑے امتحان سے اس وقت گزرا جب خلیج کے راستے کھلے۔ اس کے کئی دوست دولت سمیٹنے کے لیے بھاگے۔ بیوی نے اسے بہت سمجھایا لیکن وہ ٹس سے مس نہیں ہوا۔ وہ ایسے ملک کو نہیں جائے گا جہاں اسے دوسرے درجے کا شہری بن کر رہنا پڑے۔ اس ملک کے قوانین، طرزِ زندگی، وہ تو گھٹ کر مر جائے گا۔

اس نے دھیرے دھیرے زندگی جوڑی۔ شہر سے دور ایک ہاوزنگ سوسائٹی کے تحت زمین خریدی۔ اور برسوں میں رفتہ رفتہ گھر بنایا۔ پندرہ بیس برس میں اس علاقے کی صورت بدل کر رہ گئی۔ اب وہ شہر کا ایسا حصہ بن گیا تھا جس کی بے حد مانگ تھی۔ کالونی میں سب اس کے جاننے والے تھے۔ اس کے ساتھ کام کرنے والے اس کے دوست جن کے ساتھ وہ شراب پیتا تھا، بحثیں کرتا تھا۔ اسے وہ سب اسی کی طرح لگتے تھے۔ لڑکے نے بھی سرکاری کالج اور یونیورسٹی سے پڑھ کر انجینئرنگ کرلی تھی، ایک فرم میں ملازمت بھی کر رہا تھا۔ لڑکی کی شادی ہوگئی تھی۔ داماد خلیجی ملک میں ملازمت کر رہا تھا۔ بیٹی اور نواسے اس کے ساتھ تھے۔ بڑی حد تک وہ مطمئن تھا۔ لیکن اندر سے سب کچھ اطمینان بخش نہیں تھا۔ پہلے وہ سوچا کرتا تھا کہ کسی بھی قوم کی زندگی میں پچیس پچاس برس کی کوئی اہمیت نہیں ہوتی۔ دھیرے دھیرے سب ٹھیک ہو جائے گا۔ لیکن ایسا نہیں

ہوا۔ شخصیت پرستی اور موروثی نظام نے رنگ دکھایا۔ ضدی عورت اور ناتجربے کار لڑکا خود بھی تباہ ہوئے اور ملک کو بھی تباہی کے راستے پر ڈال دیا۔ ان کے بعد اونگھتے ہوئے بوڑھے نے تابوت میں آخری کیل جڑ دی۔ سب کچھ برباد ہو کر رہ گیا۔ ملک کو رتھ والوں کے قدموں میں ڈال دیا گیا۔

قدیم عبادت گاہ ہٹ دھرمی سے گرادی گئی تو بہت کچھ بدل گیا۔ کتنے لفظ بے معنی ہوگئے اور کتنے نئے لفظ نئے مفہوم لے کر آئے۔ شیلا نیاس، کار سیوک، ڈھانچہ، ہندو راشٹر، بھارتیہ کرن، اگروادی، جہاد، بم بلاسٹ، انکاؤنٹر، نئی نئی دہشت پسند تنظیمیں، بڑی جارحانہ وطن پرستی آگئی تھی۔ کچھ نئے لوگ اس منظر نامے میں ابھر آئے تھے جن کا کام صرف زہر اگلنا اور دھمکیاں دینا تھا۔ سیکولر کہلانے والے اپنی کلائیوں پر سرخ دھاگے باندھنے لگے تھے۔ اپنے بچوں کی شادی کے دعوت ناموں پر جلی حرفوں میں بسم اللہ اور اوم لکھا ہوتا ہے۔ ایک بڑی طاقت تاش کے پتوں کی طرح بکھر کر رہ گئی تھی اور کل تک جو سوشلسٹ لیڈر تھے، بائیں بازو کے اخبارات شائع کرتے تھے وہ کٹر مذہبی جماعتوں کے تلوے چاٹنے لگے تھے۔

تبدیلی اس کی کالونی میں بھی آئی تھی۔ وہ خود کو اکیلا محسوس کر رہا تھا۔ شام کی محفلیں کبھی کے ختم ہوچکی تھیں۔ محلے کے بچوں نے اس کے نواسوں کا جینا دوبھر کر دیا تھا۔

پاکستانی۔۔۔پاکستانی۔۔۔!

اس کے تن بدن میں آگ لگ جاتی تھی۔ جس ملک کو اس نے کبھی تسلیم نہیں کیا ،وہی اس کے بچوں کے سروں پر تھوپا جارہا ہے۔ اس کے بچے پاکستان کے بارے میں زیادہ جانتے بھی نہیں تھے۔

"ناناجی وہ ہمیں پاکستانی کیوں کہتے ہیں۔" وہ چپ رہا۔

"کیوں کہ ہم مسلم ہیں۔" بڑے نواسے نے کہا۔

"کیا تمام مسلم پاکستانی ہوتے ہیں؟" پھر سوال کیا گیا۔

اس نے کوئی جواب نہیں دیا، جھلا کر اسی وقت باہر نکلا۔ وہ کالونی کے بزرگوں سے ملا صورت حال بتائی۔ کسی نے اس کی بات رد نہیں کی۔ لیکن اسے لگا جیسے صرف وہی بول رہا ہے، خلا میں اس کے الفاظ بکھر رہے ہیں اور کوئی معنی نہیں دے رہے ہیں۔ پہلی بار اسے محسوس ہوا کہ شاید اب وہ یہاں نہیں رہ پائے گا۔ جو قومیں کمزور پڑ جاتی ہیں انھیں سلمس میں ڈھکیل دیا جاتا ہے۔ اپنا گھر فروخت کرتے وقت اسے تکلیف ہوئی۔ قیمت بھی وہ نہیں ملی جو بازار کی تھی۔

اپنے بیٹے اور بیوی کے مشورے سے وہ ایک ایسی بستی میں آ گیا جہاں وہ تحفظ محسوس کرتے تھے۔ بے ترتیب مکانات، سڑکیں خستہ حال، ہر نکڑ پر نوجوانوں کی ٹولیاں، لمبے لمبے کرتے اور اونچے پاجامے پہنے بزرگ، لمبی داڑھیاں، سر پر ٹوپیاں ۔۔۔ سیاہ برقعوں میں گھومتی عورتیں، صرف آنکھیں کھلی رہتیں۔ نوجوان لڑکے جینز اور ٹی شرٹ پہنے موٹر سائیکلوں پر دندناتے پھرتے۔ راتوں رات دولت مند بن جانے اور بغیر محنت کے پیسہ کمانے کے خواب آنکھوں میں سجائے سر پر الٹی کیپ لگائے، جیبوں سے سیل فون کی گنگناتی موسیقی ۔۔۔ ہر گھر کا کوئی نہ کوئی فرد بیرون ملک ملازم تھا ۔۔۔ نماز کا وقت ہوتا تو لوڈ اسپیکر پر اذانوں کا شور بلند ہوتا۔ اس ماحول میں اس کا دم گھٹنے لگتا۔

عجیب بستی تھی۔ سب کو سب کی خبر ہوتی تھی۔ کون کیا کرتا ہے، کیا کھاتا ہے کیا پہنتا ہے کس گھر میں کون مہمان آیا ہے۔ پتہ نہیں یہ ساری باتیں کیسے ایک دوسرے تک پہنچ جاتی تھیں۔ شروع شروع محلے والوں نے اسے بھی گھیر لیا۔ نمازیوں کی ایک ٹولی اس

کے پاس آئی۔ "راہ راست" پر لانے کی کوشش کی گئی۔ اس نے سختی سے کہہ دیا کہ گناہ اور ثواب کے بارے میں وہ ان سے زیادہ جانتا ہے۔ اب وہ عمر کی اس منزل میں ہے کہ کوئی تبدیلی آنے والی نہیں ہے وہ اپنی مرضی سے جینا چاہتا ہے۔ اس کی اصلاح کی کوشش نہ کریں۔ اس کے لہجے میں اتنی تلخی اور درشتگی تھی کہ دوبارہ پھر کسی نے ہمت نہیں کی۔ البتہ اس کا بیٹا محلے میں جلد ہی مقبول ہو گیا۔ وہ نماز کا پابند بھی تھا اور محلے کے نوجوانوں اور بزرگوں میں وقت بھی گزارتا تھا۔ بیوی بھی نماز کی پابند ہو گئی تھی۔

اس نے ایک معمول بنالیا تھا۔ صبح ہوتے ہی داڑھی بناتا، نہاتا، تفصیل سے اخبار پڑھتا، ناشتہ کرتا پھر لائبریری میں بیٹھ جاتا۔ دوپہر کے کھانے کے بعد کچھ دیر سو جاتا۔ شام میں کہیں کوئی جلسہ کوئی میٹنگ ہوتی تو چلا جاتا یا اپنے کسی دوست کے گھر چلا جاتا۔ اپنے معمول کے دو تین پیگ لیتا۔ مختلف موضوعات پر گفتگو کر کے خود کو ہلکا پھلکا محسوس کرتا۔ جب کبھی معمول سے زیادہ ہو جاتی تو اس کے قدم ہلکے سے لڑکھڑانے لگتے وہ سیدھے بستر میں چلا جاتا۔ اس کی بیوی فرش پر بستر بچھا کر سو جاتی۔ احتجاج کا ایک نیا طریقہ اس نے نکالا تھا۔ محلے والے تو اسے بس باہر جاتے اور آتے ہوئے دیکھتے تھے۔ کسی سے اس کی ملاقات نہ تھی۔

قدیم عبادت گاہ کے گرنے کے تقریباً دس برس بعد جدید طاقت ، تہذیب و معاشرت کی علامت دو عمارتیں اچانک گرادی گئیں اور پھر بہت کچھ بدل گیا۔ عمارتیں گرتی ہیں تو بہت کچھ بدل جاتا ہے۔ پھر کچھ نئے لفظ آئے جن میں زیادہ شور تہذیبوں کا ٹکراؤ اور دہشت گردی کے خلاف ردّ عمل، ایٹمی ہتیار رکھنے والے ممالک کا صفایا تھا۔

قدیم عمارت گری کہ جدید عمارتیں ، نقصان اسی کا ہوا۔ اس کی پوزیشن خراب ہو گئی۔ یوں اس نے جنگ کے خلاف مظاہروں میں حصہ لیا۔ سمیناروں اور سمپوزیم میں

بڑھ چڑھ کر حصہ لیا۔ لیکن اسے محسوس ہوا یہ سب کچھ ایک انٹلکچول تفریح کے علاوہ کچھ بھی نہیں ہے۔ لوگ جنگ کی ہولناکی کو محسوس نہیں کرتے۔ ٹی وی پر جنگ کے مناظر ایسے ہی دیکھتے ہیں جیسے فیشن چینلس پر خوب صورت جسم، جیسے بلیڈ سے تراشے گئے ہوں ایک ایک عضو ناپا تلا۔۔۔ جسم پر صرف تین تکونی ٹکڑے دو اوپر پتلی ڈوریوں سے بندھے ہوئے پشت گردن پر ایک گرہ اور ایک نیچے ناف سے !!ٹی وی اور انٹرنیٹ نے تصور کے لیے کچھ بھی باقی نہیں چھوڑا، ساتھ ہی میدان جنگ اور فیشن شو کے ریمپ کا فرق بھی مٹا دیا ہے۔

دوستوں سے بحث کرنے میں بھی کوئی لطف نہیں تھا۔ اس کی طرح سوچنے والے کم ہوتے جارہے تھے۔ ایک رخ تو یہ ہے کہ لوگ اس بڑی طاقت کو ظالم کہتے ہیں لیکن اس خلیجی ملک کے حکمران کو ڈکٹیٹر نہیں کہتے۔ لوگ خود کشی بم کی تائید تو کرتے ہیں لیکن بے گناہ مرنے والوں پر افسوس نہیں کرتے۔ دوسرا رخ یہ ہے کہ کہیں بھی بم بلاسٹ ہوتا ہے، دہشت گردی ہوتی ہے تو اس کی طرف عجیب نظروں سے گھورتے ہیں جیسے ہر دہشت گردی کا ذمہ دار وہ ہو۔ پولس راتوں رات اس کے محلے سے نوجوانوں کو پکڑ کر لے جاتی ہے۔

ان حالات میں اس کے لڑکے نے جب کہا کہ وہ ایک مغربی ملک کو جارہا ہے تو وہ چونک پڑا۔

"کیوں جانا چاہتے ہو؟"

"ظاہر ہے بہتر مستقبل کے لیے۔"

"کیوں کیا یہاں تمہارا کوئی مستقبل نہیں ہے؟"

"نہیں پاپا۔ ہمارے ملک کو اعلا تعلیم یافتہ سوچنے والے ذہن کی ضرورت نہیں ہے"

"وہاں بھی تو اعلا تعلیم یافتہ لوگ چھوٹے چھوٹے کام کرتے ہیں۔"

"وہ عبوری دور ہوتا ہے پاپا۔ پیسہ بھی معقول ملتا ہے۔"

"تو تم پیسہ کمانا چاہتے ہو؟"

"ہاں پاپا پیسہ موجودہ دور کی سب سے بڑی حقیقت ہے۔"

"لیکن مذہب تو قناعت پسندی۔۔۔"

"مذہب پیسہ کمانے سے روکتا نہیں" بیٹے نے بات کاٹ کر کہا "اچھا اچھا۔۔۔بیٹے کے جارحانہ موڈ کو دیکھ کر وہ خاموش ہو گیا۔ اس نے اگر قناعت پسندی سے کام لیا، زیادہ پیسوں کا لالچ نہیں کیا تو ضروری نہیں کہ اس کا بیٹا بھی ایسا ہی سوچے۔ پہلے جو تعیش کی چیزیں کہلاتی تھیں اب وہ ضرورت بن گئی ہیں جس کے لیے پیسہ چاہیے۔ اس کے بیٹے کو اس کے انداز میں جینے کا موقع دینا چاہیے۔

زور شور سے تیاریاں ہونے لگیں، کپڑے ،جوتے، سفر کا سامان ، ضروری چیزیں وہاں کے موسم سے مطابقت رکھنے والی۔۔۔ ایک ایک تفصیل تھی اس کے بیٹے کے پاس اس ملک کی۔۔۔

پھر سب نے نمناک آنکھوں سے وداع کیا۔ دعائیں دیں، امامِ ضامن باندھے ۔۔۔ گھر لوٹے تو بڑا سونا پن محسوس ہونے لگا۔ ادھر کئی دنوں سے بڑی گہما گہمی تھی۔ رات دیر گئے تک جاگنا۔ دوست احباب کا آنا جانا۔

بیٹے نے ممبئی سے فون کیا کہ پہنچ گیا ہے۔ پھر اس ملک کے پلین میں بیٹھنے سے قبل فون کرنے کا وعدہ کیا۔ رات میں اس کا فون آیا کہ وہ پلین میں بیٹھنے جا رہا ہے۔ وہ آرام سے سو گئے۔

صبح وہ جلد ہی جاگا۔ بیٹے کے فون کا انتظار کرنے لگا۔ بیوی بھی فجر پڑھ کر مصلّے پر

بیٹھی تھی۔ کافی انتظار کے بعد بھی فون نہیں آیا تو وہ بے چین ہو کر ٹراویلنگ ایجنسی کے دفتر بھاگا جس کے ذریعے اس کا بیٹا گیا تھا۔ ٹراویلنگ ایجنسی والے بھی کوشش میں لگ گئے۔ وہ گھر لوٹ آیا۔ بیوی گڑ گڑا کر دعائیں کرتی رہی۔ وہ بے چینی سے ٹہلتا رہا۔ پھر ٹراویلنگ ایجنسی والوں کا فون آیا کہ اس کا لڑکا وہاں پہنچ تو گیا ہے لیکن ایرپورٹ پر روک لیا گیا ہے۔ وہ پریشان ہو گیا۔ پتا نہیں ایسا کیوں ہوا۔ کچھ سمجھ میں نہیں آ رہا تھا۔ وہ فون کھڑ کھڑانے لگا جن دوستوں کے بچے اس ملک میں تھے یا خاندان کے افراد وہاں تھے۔ ممکن ہے کوئی صورت نکل آئے۔ لیکن بات نہیں بنی۔ رات بھر وہ بے چین رہا۔ یہ دوسری رات تھی۔ پتا نہیں بیٹے پر کیا گزر رہی تھی۔

رات اس کے بیٹے کا فون آیا۔

"ہاں بیٹے کیا ہوا؟" اس نے بے چینی سے پوچھا۔

"کچھ نہیں پاپا میں واپس آ رہا ہوں۔"

"کیا ہوا۔ کچھ بتاؤ تو۔"

"آ کر بتاؤں گا۔۔۔" بیٹے نے اپنی واپسی کی فلائیٹ کا وقت بتا دیا۔ صبح اس نے حسبِ معمول شیو کیا۔ وقت سے پہلے ہی ایرپورٹ پہنچ گیا۔ بیٹا واپس آ گیا۔ اس نے اسے گلے لگایا۔ ٹیکسی میں بیٹھنے کے بعد اس نے پوچھا "کیوں روک دیا تھا انھوں نے؟"

"ان کا خیال ہے میری شکل بین الاقوامی دہشت گرد سے ملتی ہے۔"

"تم نے کچھ نہیں کہا؟"

"وہ لوگ کچھ سننے کو راضی نہیں تھے۔ انکوائری کی گئی اس کے بعد چھوڑا۔"

"کچھ ثابت نہ ہونے پر بھی واپس کر دیا۔"

"ہاں۔۔۔"

"چلو یہی کیا کم ہے تم صحیح سلامت واپس آ گئے۔ اللہ جو کرتا ہے اس میں کوئی نہ کوئی مصلحت ہوتی ہے۔"

اس کے بیٹے نے عجیب نظروں سے دیکھا۔ وہ شرمندہ ہو گیا۔ یہ کیسے الفاظ اس کے منہ سے نکل رہے ہیں۔

بیٹے کے اس طرح لوٹ آنے پر اسے بہت بڑا دھکا لگا۔ کیا ان پر دنیا تنگ ہو رہی ہے۔ یہاں زہریلے بیانات روزانہ پڑھنے کو ملتے ہیں، نسل کشی کا ایک کامیاب تجربہ کیا جا چکا ہے، ظالم ہی حکومت بھی کر رہے ہیں۔ خلیجی ممالک اپنے ملک میں پیدا ہونے والے بچوں کو بھی شہریت نہیں دیتے۔ مغربی ممالک کا یہ رویہ ہے۔

بیٹے کے بارے میں وہ کوئی اندازہ نہیں کر سکا کہ اس واقعے کا اس پر کیا اثر ہوا۔ اس نے پرانی ملازمت جوائن کر لی تھی۔ کام میں مصروف تھا۔ ممکن ہے اس نے بیرونِ ملک جانے کا خواب دیکھنا ہی چھوڑ دیا ہو۔

آئینے میں اس نے اپنا چہرہ دیکھا۔ اچھی خاصی داڑھی نظر آ رہی تھی۔ سفید سفید ۔۔۔ تیز دھار کی بلیڈ کے لیے وہ بے چین ہو گیا۔ اس کی بیوی بار بار کہہ رہی تھی کہ وہ دوسرا شیونگ سیٹ خرید لے یا باہر جا کر داڑھی بنوا آئے، اس کا چہرہ اچھا نہیں لگ رہا ہے۔ لیکن وہ کاہلی سے گھر میں پڑا رہا۔ بیٹا آفس کے کام سے شہر سے باہر گیا ہوا تھا۔ وہ شام تک باہر نہیں نکلا، معمول کے دو پیگ بھی نہیں لیے۔ دن بھر پڑھتا رہا یا ٹی وی پر خبریں دیکھتا رہا۔

اس کا بیٹا اجازت لے کر کمرے میں آ گیا۔

"پاپا یہ لیجیے آپ کا شیونگ سیٹ میں لے گیا تھا۔ آپ سے پوچھے بغیر ۔۔۔ آئی ایم سوری پاپا ۔۔۔" لڑکا ایک سانس میں کہہ گیا۔

"تمہیں کیا ضرورت پڑی اس کی۔۔۔" اس نے کہا۔ نظر اٹھا کر بیٹے کی طرف دیکھا تو حیرت زدہ رہ گیا اس کے بیٹے کے چہرے پر داڑھی برائے نام رہ گئی تھی۔

"تمہاری داڑھی؟" اس کے منھ سے بے اختیار نکلا۔

"آہستہ آہستہ کم کر دی۔ اب کلین شیو ہو جاؤں گا۔" بیٹے نے ہنستے ہوئے کہا

"لیکن کیوں؟"

"نیا پاسپورٹ بنواؤں گا کلین شیو تصویر کے ساتھ۔۔۔"

"لیکن یہ کیسے ممکن ہے ریکارڈ ہوتا ہے۔۔۔ باضابطہ۔"

"یہاں سب کچھ ممکن ہے پاپا۔ بس سورس چاہیے۔ اس بار کہیں اور جاؤں گا۔"

"لیکن یہ غیر قانونی ہے۔"

"کیا بغیر داڑھی کے پاسپورٹ بنوانا غیر قانونی ہے؟"

وہ خاموش ہو گیا، بحث نہیں کی۔

"صرف داڑھی رکاوٹ بن گئی ہے پاپا۔۔۔" "یہ لیجیے آپ کا سیٹ۔"

"نہیں۔" وہ کچھ سوچتے ہوئے بولا "اسے تم ہی رکھ لو۔"

لڑکے نے حیرت زدہ نظروں سے اس کی طرف دیکھا۔

اس نے آئینے میں اپنا چہرہ دیکھا اپنی بڑھی ہوئی داڑھی پر ہاتھ پھیرا۔ ایسے بھی وہ برا نہیں لگ رہا ہے۔ اس نے اپنے آپ سے کہا اور معنی خیز انداز میں مسکرا دیا۔

***

دخمہ

سامنے سہراب کی نعش تھی اور اس کے پیچھے دو دو پارسی سفید لباس پہنے ہاتھ میں پیوند کا کنارہ پکڑے خاموشی سے چل رہے تھے۔ ان کے پیچھے ہم لوگ تھے۔ "دُخمہ" کی گیٹ پر ہم لوگ رک گیے۔ ہمیں اندر جانے کی اجازت نہیں تھی۔

میں نے ماحول کا جائزہ لیا۔ سب کچھ ویسا ہی تھا۔ کچھ بھی نہیں بدلا میری بہن کا گھر بھی!! لیکن اس گھر میں اب میرا کوئی نہیں رہتا تھا۔ میری بہن اور بہنوائی کا انتقال ہوئے ایک عرصہ ہوچکا تھا۔ میری بھانجی اسی شہر میں اپنے شوہر کے ساتھ رہتی تھی۔ اسکول کی چھٹیاں ہوتے ہی میں اپنی بہن کے پاس دوڑا چلا آتا۔ وہ میری سب سے بڑی بہن تھیں درمیان میں چھ اور بہنیں اور ان کے بعد سب سے چھوٹا میں۔ اکلوتا بھائی۔ میری بھانجی مجھ سے صرف دو برس چھوٹی تھی۔ ہم دونوں خوب کھیلا کرتے۔

وہ گھر مجھے بہت اچھا لگتا تھا۔ چٹان پر بنا ہوا خوب صورت مکان اسٹیشن کے اس پار۔ پلاننگ کے ساتھ بنائے ہوئے بنگلے۔ درمیان میں سیدھی تار کول کی سڑکیں۔ کافی چڑھاؤ اور اتار تھے۔ ایک زمانے میں اس جڑواں شہر میں صرف تانگے چلتے تھے۔ سائکل رکشاؤں کا داخلہ ممنوع تھا۔ میری بہن کے گھر پہنچتے پہنچتے گھوڑا ہانپنے لگتا۔ چڑھائی پر گھوڑے کے پیر جمتے نہ تھے۔ جب ہم تانگے سے اترنے لگتے تو تانگے والا خاص انداز میں توازن بنائے رکھتا۔ مشرقی جانب واٹر ریزروائر تھا۔ مغرب میں جہاں سڑک مسطح ہوجاتی

ہے سینٹ فلومینا چرچ تھا۔ چرچ میں مشنری اسکول بھی تھا۔ کھلی ٹانگوں والے یونیفارم کے اسکول کو کم ہی مسلمان لڑکیاں جاتی تھیں۔ میری بھانجی بھی اسلامیہ اسکول میں پڑھتی تھی۔ لیکن ہم لوگوں نے چرچ کا چپہ چپہ دیکھا تھا۔ کیوں کہ بچوں کو کوئی نہیں روکتا تھا۔ اتوار کے دن اطراف کے کرسچن prayer کے لیے آجاتے فضا میں گھنٹے گونجنے لگتے تو بڑا اچھا لگتا۔ پتہ ہی نہیں چلتا کہ گھنٹے کون بجاتا ہے۔ مسجد کافی فاصلے پر تھی جہاں چھوٹے چھوٹے بے ترتیب مکان تھے۔

گھر کے مقابل اونچی چٹان بلکہ پہاڑ پر ایک دائرہ نما عمارت بنی ہوئی تھی۔ کئی ایکر پر پھیلا ہوا علاقہ تھا۔ بہت بڑی باؤنڈری تھی۔ نیچے بڑا سا گیٹ تھا۔ لوگ اس کو پارسی گٹہ کہتے تھے۔ احاطہ میں ایک چھوٹا سا مکان بنا ہوا تھا۔ جس میں چوکیدار، اس کی بیوی اور ایک کتا رہتے۔ عجیب سا پر اسرار کتا!! محلے کے اکثر گھروں میں السیشن تھے یہ کتا ان سے مختلف تھا۔ دور سے ایسا لگتا جیسے اس کی چار آنکھیں ہوں۔

میری بہن پارسی گٹہ جانے سے منع کرتی تھیں۔ کہتی تھیں بچوں کو وہاں نہیں جانا چاہیے۔

ایک دن ہم نے دیکھا پارسی گٹہ کا گیٹ کھلا چھوڑ دیا گیا ہے اور چوکیدار صاحب بے حد مصروف ہیں۔ ۱۱ بجے دھوپ میں سفید کپڑوں میں ملبوس دو دو پارسی ایک رومال کے دو مختلف سرے پکڑے ہوئے ایک قطار میں چلے آرہے ہیں۔ سب سے آگے دو پارسی تھے۔ درمیان میں ایک گاڑی۔۔۔ پھر پارسیوں کی قطار۔۔۔!! تقریباً ایک بجے تک وہ لوگ مصروف رہے پھر واپس ہو گئے۔ شام ہونے سے پہلے گدھوں کے جھنڈ آنا شروع ہوا۔ وہ سب اس دائرہ نما عمارت کے کنارے پر بیٹھ گئے۔ شام ہوتے ہوتے سارے گدھ اڑ گئے میں نے ایک ساتھ اتنے سارے گدھ پہلی بار دیکھے تھے شام تک وہ مصروف

رہے۔

میں نے اپنی بہن سے پوچھا کہ "اتنے گدھ اس عمارت پر کیوں جمع ہو گئے تھے ؟" بہن نے بتایا پارسی گٹہ اصل میں پارسیوں کا قبرستان ہے۔ پارسی مرنے والے کی نعش کو چھت پر رکھ دیتے ہیں تاکہ گدھ اس نعش کو نوچ کھائیں یہ سارے گدھ اسی لیے آئے تھے۔

"یہ کیسا طریقہ ہے آپی ؟" میں نے جھرجھری سی لے کر کہا۔

"بیٹا اپنا اپنا عقیدہ ہے۔ کوئی دفن کرتا ہے۔ کوئی جلا دیتا ہے یہ لوگ پرندوں کو کھلا دیتے ہیں اور اسی کو ثواب سمجھتے ہیں۔" اندھیرا ہونے سے قبل سارے گدھ لوٹ گئے۔ اس کے باوجود ہم اس روز چھت پر نہیں سوئے۔ میں اور میری بھانجی دونوں ڈر کے مارے نیچے کمرے میں ہی سو گئے کیا پتہ کوئی گدھ ہمیں مردہ سمجھ کر۔۔۔۔

بیدار ہوتے ہی ہم دونوں پارسی گٹہ گئے۔ کتا ہمیں دیکھ کر بھونکنے لگا۔

"ارے بیٹا تم لوگ ؟"

"چاچا کل کسی کا انتقال ہوا تھا؟"

"ہاں بیٹا"

"دو دو آدمی کیوں قطار بنا کر چلتے ہیں ؟"

"یہی طریقہ ہے۔ تنہا کوئی نہیں چلتا۔"

"انہوں نے رومال کیوں پکڑ رکھا تھا؟"

"وہ رومال نہیں اسے پیوند کہتے ہیں"

"اور یہ گول عمارت ؟"

"یہ "دخمہ" ہے۔ اس کی چھت درمیان سے اونچی ہوتی ہے چھت پر تین دائرے

بنے ہیں۔ مرد کی نعش بیرونی دائرے میں، عورت کی درمیانی دائرے میں اور بچوں کی نعش اندرونی دائرے میں رکھی جاتی ہے تاکہ ان پر تیز دھوپ پڑے اور گدھوں کو دور سے نظر آجائے۔"

"چاچا یہ کُتّا اتنا عجیب کیوں ہے؟" میری بھانجی نے پوچھا

"اسے "سگ دید" کہتے ہیں۔ چار آنکھوں والا کتا۔۔۔اس کی چار آنکھیں نہیں ہیں لیکن آنکھوں پر ایسے نشان ہیں جس سے اس کی چار آنکھیں نظر آتی ہیں۔ یہ "سگ دید" ہی آدمی کے نیک و بد ہونے کا فیصلہ کرتا ہے۔"

"کیسے چاچا"

"جب بڑے ہو جاؤ گے تو خود ہی پتہ چل جائے گا" چاچا نے ہمارے سوالات سے اکتا کر کہا

"اور چاچا یہ گدھ کہاں سے آجاتے ہیں؟"

"اگر فرش پر چینی گر جائے تو چیونٹیاں کہاں سے آتی ہیں؟" چاچا نے سوال کیا اور اندر چلے گئے۔ اس روز بھی ہم چھت پر نہیں سوئے۔

(سہراب بھی ان تمام مراحل سے گزر رہا ہو گا۔)

(۲)

سہراب کا "میکدہ" شہر کے مصروف علاقے میں تھا۔ ممکن ہے جس وقت اس کے اجداد نے "مئے کدنہ" کھولا ہو گا یہ مصروف ترین علاقہ نہ رہا ہو۔ کیوں کہ سامنے راجہ صاحب کی بہت بڑی حویلی تھی۔۔۔ بغل میں بھی ایک بہت بڑی حویلی تھی۔۔۔ دائیں

جانب ڈراما تھیٹر تھا۔ اور بائیں جانب بہت آگے انگریزوں کی ریزیڈنسی تھی۔ مقابل میں ایک چھوٹی سی مسجد تھی مسجد سے لگ کر جو گلی تھی وہ "مجرد گاہ" تک جاتی تھی۔ مجرد گاہ ادیبوں، شاعروں اور فن کاروں کا میٹنگ پوائنٹ تھا۔ اس میں فائن آرٹس اکیڈمی بھی تھی اور رسالے کا دفتر بھی۔ ہم لوگ ادیبوں، شاعروں اور فن کاروں کو دیکھنے آجاتے تھے۔ ان دنوں بعض ادیبوں و شاعروں کی شہرت فلمی اداکاروں سے کم نہ تھی۔ بیچلر کوارٹرس کے مقابل ایک بڑا شراب خانہ بھی تھا جہاں سستی شراب فروخت ہوتی۔ اکثر فن کار وہاں چلے جاتے۔ جیب گرم ہوتی تو اکثر ادیب و شاعر مئے کدہ کا رخ کرتے شہر کا یہ سب سے قدیم شراب خانہ تھا!! ایک تو سہراب خالص شراب بیچتا تھا۔ دوسرے وہ ادیبوں و شاعروں کے مزاج سے اچھی طرح واقف بھی تھا۔ کسی اچھے شعر پر داد بھی دے دیا کرتا۔ پارسی ویسے بھی خوش اخلاق اور مہذب ہوتے ہیں۔ پھر سہراب صرف شراب اور سوڈے کی اصل قیمت لیتا تھا۔ پانی اور گلاسس وہ خود فراہم کرتا۔ اندر ٹیبل اور کرسیاں بھی تھیں۔ گزک کا کوئی انتظام نہ تھا۔ لڑکے ٹوکریوں میں گرین پیس، بھنی ہوئی مونگ پھلّی، چڑوا لیے گھومتے۔ لوگ حسبِ ضرورت ان سے چیزیں خرید لیتے۔ دوسرے بارس کے مقابلے میں "مئے کدہ" نسبتاً کم خرچ تھا۔

ہم نے جس وقت "مئے کدہ" جانا شروع کیا۔ شہر کئی انقلابات سے گزر چکا تھا۔ کمیونسٹوں کی شاہی کے خلاف جدوجہد، تلنگانہ تحریک کامیاب تو ہوئی لیکن شاہی کا خاتمہ کانگریس کی نئی حکومت نے کیا تھا۔ پولس ایکشن نے مسلمانوں کو حواس باختہ کر دیا تھا۔ مذہب کے نام پر ملک کی تقسیم سے پوری قوم سنبھلی بھی نہ تھی کہ زبان کی بنیاد پر ریاستوں کی نئی حدبندیاں کی گئیں۔ ریاست کے تین ٹکڑے کر دیے گئے۔ برسوں گزر جانے کے بعد بھی دوسری ریاستوں سے جڑے یہ ٹکڑے ان کا حصہ نہ بن سکے۔ اپنی

مستحکم تہذیب کی بنیاد پر ریاست کے یہ حصّے ٹاٹ میں مخمل کے پیوند لگتے تھے۔ مذہب کے نام پر تقسیم کو عوام نے قبول نہیں کیا تو زبان کے نام پر ریاستوں کی نئی حد بندیوں کو بھی ایک ہی زبان بولنے والوں نے قبول نہیں کیا۔ دو مختلف کلچر۔!! جس شہر کی تاریخ نہیں ہوتی اس کی تہذیب بھی نہیں ہوتی۔ نئے آنے والوں کی کوئی تاریخ تھی نہ تہذیب ایک مستحکم حکومت کا دارالخلافہ سیاسی جبر کی وجہ سے ان کے ہاتھوں میں آگیا۔ وہ پاگلوں کی طرح خالی زمینوں پر آباد ہو گئے۔ ایک طرف بڑی بڑی حویلیاں حصے بخرے کر کے فروخت کر دی گئیں۔ زمین بیچنا یہاں کی تہذیب کے خلاف تھا۔ شرما شرمی میں قیمتی زمینیں کوڑیوں کے مول فروخت کر دی گئیں۔ آنے والے زمینیں خرید خرید کر کروڑ پتی بن گئے۔ نئے علاقوں کو خوب ترقی دی۔

کسی کوٹھی میں صدر ٹپہ خانہ آگیا، کسی حویلی میں انجنیرنگ کا آفس، کسی حویلی میں اے۔جی آفس تو کسی حویلی بڑی ہوٹل کھل گیا۔ باغات کی جگہ بازار نے لے لی۔ لیڈی حیدری کلب پر سرکاری قبضہ ہو گیا۔ کنگ کوٹھی کے ایک حصے میں سرکاری دواخانہ آگیا۔ جیل کی عمارت منہدم کر کے دواخانہ بنا دیا گیا۔ رومن طرز کی بنی ہوئی تھیٹر میں اب بہت بڑا مال کھل گیا تھا۔ حویلیوں، باغات، جھیلوں اور پختہ سڑکوں کے شہر کی جگہ دوسرے عام شہروں جیسا شہر ابھر رہا تھا جس کی کوئی شناخت نہ تھی۔

چند برسوں میں سب کچھ بدل گیا۔ جو تہذیب کے نمائندے تھے جو تہذیب کو بچا سکتے تھے ان میں سے کچھ اپنی زمینوں کو چھوڑ کر سرحد کے اس پار جا بسے تھے اور کچھ مغربی ممالک میں آباد ہو گئے۔ ولی عہد نے ایک مغربی ملک کو اپنا مسکن بنالیا۔ رعایہ کی محبت کا یہ حال تھا کہ جب بھی وہ اس شہر کو آتے تو اس طرح خوشی سے پاگل ہونے لگتے تھے جیسے کوئی فاتح اپنی سلطنت کو لوٹا ہو۔ نہ شاہی خاندان کے افراد کو تہذیب کی فکر تھی

۔نہ امرا کو اور نہ عوام کو۔!" مۂ کدہ،، کے اطراف کا ماحول بھی تبدیل ہو گیا۔ راجہ جی کی حویلی میں سرکاری دواخانہ آ گیا۔ سامنے کی کوٹھی میں بینک کا مین آفس، ریذیڈنسی میں ویمنس کالج، ڈراما تھیٹر فلمی تھیٹر میں تبدیل ہو گیا۔ شہر کا نقشہ تیزی سے بدلتا جارہا تھا۔ تیلگو فلم انڈسٹری مدراس سے یہاں منتقل ہو گئی تھی۔ شہر کی چمک دمک بڑھ گئی۔ فلمی اسٹیڈیوز، 70 ایم ایم تھیٹرز، بڑے بڑے مالس، کپڑوں اور زیورات کی دکانیں۔ سب ان کا تھا۔ سب پر ان کی چھاپ نمایاں ہو رہی تھی۔ ان کی غذاوں کے ہوٹل آ گئے تھے جہاں متوسط طبقے کا آدمی پیٹ بھر کھانا کھا سکتا تھا۔" فُل مِیل "(full meal) ملتا تھا۔ وہ آخر میں بڑے انہماک کے ساتھ چاول میں دہی ملا کر کھانے لگتے تو اکثر دہی بہہ کر کہنیوں تک آجاتا۔ سڑکوں اور کالجس میں سانولے اور سیاہ فام لڑکے لڑکیوں کی تعداد بڑھتی جارہی تھی۔ بڑی بڑی کاجل بھری آنکھیں۔۔ نمکین چہرے۔۔ پشت پر بلاوز دور تک کھلا ہوا۔۔ پتہ نہیں انھیں پیٹھ کی نمائش کا شوق کیوں تھا؟ مقامی لوگ لینڈ گرابرس کی فروخت کی ہوئی خشک تالابوں کی زمین پر مکانات بنانے پر مجبور ہو گئے تھے۔ ہر بارش قیامت بن کر آتی۔ مسلسل فسادات نے پرانے شہر کی ساکھ کو بہت متاثر کیا تھا۔ ہفتوں کرفیو لگا رہتا۔ ہر تہوار و عید پر لوگ سہم جاتے۔ اس صورت حال سے تنگ آکر جو پرانا شہر چھوڑ سکتے تھے۔ وہ نئے علاقوں میں جا بسے۔ ساری رونق، بڑی بڑی سڑکیں، فلائی اوور، ہائی ٹیک سٹی سب کچھ نئے شہر میں تھے۔ تمام دفاتر نئے شہر کو منتقل کر دیے گئے تھے ۔پرانے شہر میں کچھ تاریخی عمارتیں رہ گئی تھیں۔ مشہور زمانہ چوڑیوں کا لاڈ بازار تھا۔ پتھر سے تعمیر کی گئی مارکٹ پتھر گٹی تھی۔ عیدوں پر ساری رات یہ بازار جگمگایا کرتے۔ دو تہذیبوں نے الگ الگ جزیرے بنالیے تھے۔ جب بھی ریاست کے مقامی افراد کو محرومی کا احساس بہت ستاتا تو وہ علیحدہ ریاست کا مطالبہ کرنے لگتے۔ الیکشن کے زمانے میں کوئی

باغی لیڈر اس مسئلے کو گرما دیتا۔ کچھ مہینوں خوب ہماہمی رہتی پھر جذبات سرد پڑ جاتے۔

"مۂ کدہ" کا علاقہ بھی اب ڈاون ٹاون بنتا جا رہا تھا۔ پرانے شہر سے نئے علاقے کو منتقل ہونے والوں میں خود میں بھی شامل تھا۔ ("دخمہ" میں پارسی ابھی تک مصروف تھے۔ کوئی باہر نہیں آیا تھا۔)

ان دنوں ادیبوں کا کوئی میٹنگ پوائنٹ نہیں تھا۔ سب بکھر گئے تھے۔ ہمارے دور کو انتشار کا عہد مان لیا گیا تھا۔ فرد کو مشین قرار دے دیا گیا تھا اور تنہائی کو ہمارا مقدر۔!! یہ تسلیم کر لیا گیا تھا کہ تاریخی، تہذیبی، قومی، معاشرتی، جذباتی و ذہنی ہم آہنگی کی ساری روایتیں منہدم ہو چکی ہیں۔ پورا ادب درونِ ذات کے کرب میں مبتلا تھا۔ اس لیے اب ضروری نہیں تھا کہ سب کسی ایک ہی بار یا ہوٹل میں ملیں۔ شہر بہت پھیل گیا تھا۔ جگہ جگہ وائن شاپس کھل گئے تھے۔ ہم کسی دوست کے گھر جمع ہو جاتے۔ کسی قریبی دکان سے شراب منگوالی جاتی۔ فون کرنے پر ہوٹل سے "گزگ" بھی پہنچ جاتی۔ ہوم ڈیلیوری کا رواج ہو گیا تھا۔ اب "مئے کدہ" جانا ہی نہیں ہوتا تھا۔

لیکن وہ کیوں سوچ رہا ہے شہر کی تہذیب کے بارے میں شہر کے بارے میں؟ شاید اس لیے کہ "مئے کدہ" کو بند دیکھ کر اسے بڑا شاک لگا تھا۔ جیسے تہذیب کا ایک حصہ مر گیا ہو۔

میرا دوست مشیر جو بہتر زندگی کا خواب آنکھوں میں سجائے امریکہ منتقل ہو گیا تھا۔ بیس برس بعد امریکہ سے آیا۔ اپنا شہر چھوڑ کر باہر بس جانے والے ایک تو ناسٹالجک ہو جاتے ہیں دوسرے چیارٹی کرنے کے لیے اتاولے ہوتے ہیں۔ وہ ایسی ہر جگہ جانا چاہتا تھا جہاں بیس برس قبل ہم جایا کرتے تھے۔ ہر جگہ ساتھ چلتا بہت چیزوں کی تبدیلی پر اداس ہو جاتا۔ ظاہر ہے شہر بہت تیزی سے بدلا تھا اور اس پر گلوبلائزیشن کی پرچھائیاں

صاف نظر آرہی تھیں۔ اسے اس لیے بھی مایوسی ہورہی تھی کہ جو چیزیں وہاں ترقی یافتہ شکل میں دیکھ کر آیا ہے یہاں اسی کی نقل کی جارہی ہے۔ شہروں کی شناخت تیزی سے ختم ہورہی ہے۔ سب شہر ایک جیسے ہورہے ہیں۔ مجھے یاد آیا کہ پرانی باقیات میں صرف "مۓ کدہ" بچا ہے جس میں کوئی تبدیلی نہیں آئی۔ وہی عمارت، وہی انتظام، ویسے ہی کاونٹر، وہی مستقل گاہک ۔۔۔ جو بوتل خرید کر حسب ضرورت پیتے ہیں اور بچی ہوئی شراب کی بوتل محفوظ کروادیتے ہیں۔ اس بوتل سے ایک قطرہ بھی کم نہ ہوتا۔۔ دیانت داری "مۓ کدہ" کی سب سے بڑی خوبی تھی۔ مستقل گاہکوں کو یہاں بڑی اپنائیت محسوس ہوتی تھی۔ مشیر کے یہاں رہنے تک ہم روزانہ "مۓ کدہ" جایا کرتے تھے۔ ایک خاص وقت تک شغل کرتے پھر اپنی راہ لیتے۔ پتہ نہیں مشیر کو مۓ کدہ کی یاد کیوں نہیں آئی۔ امریکہ سے آنے کے بعد اس نے ایک بار بھی شراب کا نام نہیں لیا تھا۔ میں نے اس سے کہا کہ اسے ایک ایسی جگہ لے چلوں گا جو بالکل نہیں بدلی۔ دوسرے روز میں اسے "مئے کدہ" لے آیا۔

لیکن "مئے کدہ" بند تھا۔ برسوں پہلے "مئے کدہ" کی پیشانی پر ابھرے ہوئے لفظوں میں MAI KADA EST: 1904 اسی طرح موجود تھا نیچے اردو میں بھی "مۓ کدہ" لکھا تھا۔ آس پاس دریافت کیا تو پتہ چلا کافی دنوں سے بند ہے۔ مجھے بڑا شاک لگا۔ اپنی بے خبری پر افسوس بھی ہوا۔ پتہ نہیں یہ سب کب اور کیسے ہوا؟ ایسا محسوس ہوا جیسے تہذیب کا ایک حصہ مر گیا ہو۔

پتہ نہیں سہراب کی صحت کیسی ہے؟ کاروبار میں نقصان تو نہیں ہوا؟ کسی ناگہانی مصیبت میں تو نہیں پھنس گیا؟

ہم لوگوں نے سہراب کے گھر کا پتہ چلایا۔ اس کے گھر پہنچے۔ قدیم پارسی طرز کا مکان تھا۔ ملازم نے ڈرائنگ روم میں بٹھایا۔ ہم دیوار پر ٹنگی تصویریں دیکھنے لگے۔ سہراب

نے انتظار نہیں کروایا۔

"آپ" وہ مجھے دیکھ کر چونک پڑا

"ہاں۔ اور انھیں پہچانا۔ مشیر !!"

"اوہ یاد آیا۔ آپ تو پورے انگریز ہو گئے۔"

"امریکہ میں جو رہتا ہے۔" میں نے ہنس کر کہا

"آپ تو یہیں رہتے ہیں نا؟" اس نے ہنس کر کہا

مجھے شرمندگی ہوئی۔

کہیے کیا لیں گے ؟

"نہیں میں دن میں نہیں لیتا" میں نے کہا "اور مشیر تم ؟"

"نہیں میں بھی نہیں لوں گا"

"کوئی تکلّف نہیں۔" اس نے ملازم سے کچھ کہا۔ "آپ لوگوں کو دیکھنے آنکھیں ترس گئیں"

"میں شرمندہ ہوں۔"

"ہاں شہر بھی تو بہت پھیل گیا ہے۔"

"آپ کی صحت کیسی ہے۔"

"اچھا ہوں۔"

"بزنس میں نقصان ہوا؟" میں نے راست پوچھ لیا

"نہیں۔"

"پھر مئے کدہ"۔؟"

"چھوڑیے کوئی کب تک بزنس کرتا رہے۔ آدمی کو آرام بھی کرنا چاہیے نا۔!"

اتنے میں ملازم ٹرے سجا کر لے آیا۔

"خاص فرانسیسی شراب ہے۔ اتنے دن بعد ملے ہیں، انکار نہ کیجیے"

ہم لوگ انکار نہ کرسکے۔ واقعی بڑی نفیس شراب تھی۔ دھیرے دھیرے سرور آنے لگا۔

"آپ بتایے" مشیر سے مخاطب ہو کر اس نے کہا "امریکہ میں کیسی گزر رہی ہے؟"

"پہلے جیسا تو نہیں ہے۔ یہاں کی گھٹن سے بھاگے کچھ دن تو اچھا لگا اب فضا پر حبس چھایا ہوا ہے۔ شک کے سائے میں زندگی گزارنا کتنا مشکل ہو جاتا ہے۔ اس کا تجربہ پہلے کبھی نہیں ہوا تھا۔"

"سارا منظر نامہ ہی بدل گیا۔" میں نے کہا "وطن کے لیے جدوجہد، بین الاقوامی فیصلوں کی جارحانہ خلاف ورزیاں، دہشت گردی سب گڈ مڈ ہو گئے ہیں۔ ایک پوری قوم کو دہشت گردی کے جال میں پھنسا دیا گیا۔ ایک آگ سی لگی ہوئی ہے جس میں پتہ نہیں کون کون ہاتھ سینک رہا ہے۔ لیکن ملزم تیار ہے جرم کہیں بھی کسی نے کیا ہو۔ نشان زدہ ملزمین تیار ہیں۔ پولیس نے بھی ظلم کے سارے حربے آزما لیے۔ عدالتیں کبھی چھوڑتیں ہیں کبھی نہیں چھوڑتیں۔ اور بے وقوف قوم دلدل میں دھنستی ہی جارہی ہے۔"

"آپ تو جذباتی ہو گئے۔ تاریخ اپنے رنگ بدلتی رہتی ہے۔ دیکھیے نا ایران سے مسلمانوں نے ہم کو باہر کیا تھا۔ اسپین میں مسلمانوں کو باہر کیا گیا۔ اس ریاست کو ہم آصف جاہی سلطنت کے چرچے سن کر آئے تھے۔ ہمارے اجداد کو سالار جنگ اول نے مدعو کیا تھا۔ انتظامیہ میں ہمیں شامل کیا گیا۔ میر محبوب علی خان نے ہمیں خطابات سے نوازا تھا۔ نواب سہراب نواز جنگ، فرام جی جنگ، فریدون الملک وغیرہ وغیرہ فارسی یہاں کی سرکاری زبان تھی اور اردو عوامی زبان۔ بریانی، نوابوں اور موتیوں کا شہر۔!!

گجراتی، مارواڑی، سندھی سبھی آبسے تھے۔ سب کو آزادی حاصل تھی سب نے اپنی اپنی عبادت گاہیں تعمیر کرلیں۔ شاہی خزانے سے مدد بھی ملتی تھی۔ ہمارے لیے تو بہت سازگار ماحول تھا۔ بڑا عجیب معاشرہ تھا۔ " اس نے ہنستے ہوئے کہا " آپ کو یاد ہے ؟ نہیں آپ تو بہت چھوٹے رہے ہوں گے۔ تھیٹر میں جب ہم فلم دیکھنے جاتے تو درمیان میں ایک سلائیڈ دکھائی جاتی۔ "وقفہ برائے نماز "لوگ جلدی جلدی فرض نماز پڑھ کر تھیٹر لوٹ آتے۔ رند کے رند رہے ہاتھ سے جنت نہ گئی والا معاملہ تھا۔

"آپ کو شاہی دور پسند تھا؟"

"نہیں رواداری پسند تھی۔ معاشرے کا کھلا پن اچھا لگتا تھا۔ اب تو کٹّرپن آگیا ہے ہر قوم میں۔!

"ہاں مسلمان بھی خدا حافظ کی جگہ اللہ حافظ اور نماز کے بجائے صلوٰۃ کہہ کر بہت خوش ہونے لگے ہیں" میں نے کہا۔

" مئے کدہ" آپ نے کیوں بند کر دیا؟" مشیر نے اچانک پوچھا۔

"ارے ہاں میں تو اصل بات ہی بھول گیا" میں نے چونک کر کہا۔

"چھوڑیے۔"

"نہیں بتایے کیا ہوا تھا ؟" میں نے اصرار کیا۔ کافی دیر تک وہ خاموش رہا۔ پھر دھیرے سے کہا

"مسلمانوں نے حکومت سے شکایت کی کہ " مئے کدہ "مسجد سے بہت قریب ہے جو خلاف قانون ہے" میں سناٹے میں آگیا۔ تو یہ مسلمانوں کا کارنامہ ہے۔ میں نے سوچا۔

"لیکن مسجد اور مئے کدہ برسوں سے اسی جگہ ہیں پھر؟"

"وہ شاہی دور تھا۔ اب جمہوریت ہے۔!! مسلمان اس ملک کی سب سے بڑی اقلیت

ہیں۔اس کا خیال رکھنا حکومت کا فرض بھی تو ہے۔"

"مسلمان بھی بہت کٹّر ہوتے جارہے ہیں" مشیر نے کہا۔ نشہ چڑھنے لگا تو ہم کٹر مسلمانوں کو نوازنے لگے۔

"مسلمان ہی کیوں" سہراب نے ہمیں روکا سب کا یہی حال ہے خود مجھے دیکھیے۔ میں نے شادی نہیں کی کیوں کہ پارسی غیر مذہب میں شادی نہیں کرسکتے۔اس مذہبی شرط کی وجہ سے ہماری تعداد گھٹتی جارہی ہے۔ اکثر تاخیر سے شادی کرتے ہیں یا نہیں کرتے۔اب پورے شہر میں بارہ سو پارسی رہ گئے ہیں۔"

"واقعی؟"

"ہاں دوسرا مسئلہ موت کا ہے۔ وہی پرانا دُخمہ۔ برہنہ نعش کو جلتی دھوپ میں چھوڑدیتے ہیں۔ اب تقریباً بیس برس سے گدھوں نے شہر کا رخ کرنا چھوڑ دیا ہے۔ اب مختلف الخیال گروپ بن گئے ہیں کوئی کہتا ہے نعش کو دفن کردینا چاہیے۔کوئی جلانے کے حق میں ہے۔ الکٹرک بھٹی کے بارے میں بھی غور کیا جارہا ہے۔ کچھ لوگ گِدھوں کی Artificial Incimination کے خطوط پر افزائش کے بارے میں سوچ رہے ہیں۔ میں تو پرانے طریقے کو ترجیح دوں گا کہتے ہیں کوئی نیک آدمی مرتا ہے تو گدھ آتے ہیں۔ پتہ نہیں ہمارا کیا حشر ہوگا۔!! آپ کے عقیدے کے مطابق شراب بیچنے والا جہنمی ہوتا ہے نا؟" اس نے ٹھنڈی سانس بھری۔

"ہاں۔۔۔اور شراب پینے والا بھی۔ اللہ معاف کرے۔!" میں نے کہا۔

ملازم نے آکر اطلاع دی کہ کھانا تیار ہے۔

"آپ نے تکلف کیوں کیا۔ اتنی اچھی شراب پینے کے بعد کھانے کی بالکل اشتہا نہیں ہے۔"

"پارسی ڈشس بنوائی ہیں آپ کے لیے۔۔۔"

ہم کھانے کی میز پر آگئے۔ زندگی میں پہلی بار پارسی ڈشس کھانے کا اتفاق ہو رہا تھا۔ اس لیے بھی زیادہ انکار نہ کر سکے۔

"یہ براون رائس ہے۔ یہ دَھن سَک یہ ساس اِن مچھی اور یہ کچومر سلاد"

براون رائس باسمتی چاول کی عمدہ ڈش تھی جس میں چینی اور کالی مرچ شامل تھی۔ دَھن سَک تور کی دال، مونگ کی دال اور اڑت کی دال، انڈے، ٹماٹر اور کھیرے سے بنائی گئی ڈش تھی۔ ساس اِن مچھی میں بہترین پمفرٹ تھی ساتھ میں کرارے چکن پارچہ بھی تھے۔ کھانا واقعی لذیذ تھا۔ آخر میں موامی بوئی نام کا مچھلی کا میٹھا پیش کیا گیا۔ ہم نے بہت سیر ہو کر کھایا۔ سہراب کی مہمان نوازی نے ہمیں بہت متاثر کیا۔

اور آج اطلاع ملی کہ سہراب مر گیا۔

مجھے بار بار یہی خیال آتا تھا کہ "مئے کدہ" کے بند ہو جانے کا اس پر بہت اثر ہوا ہو گا۔ اس لیے شاید وہ زیادہ جی نہ سکا ہو۔ میں Guilty محسوس کر رہا تھا۔ اس کا اپنا کوئی نہ تھا۔ دور کے رشتے دار اور چند احباب تھے۔

پارسی باہر آرہے تھے۔ سہراب کی برہنہ نعش کو دُخمہ کی چھت پر چھوڑ دیا گیا ہو گا۔ میں بار بار آسمان کی طرف دیکھنے لگا۔ بہت سے پارسی بھی رک گئے تھے۔ اگر گدھ نہ آئیں تو؟ کیا سہراب کی نعش دھوپ میں سوکھتی رہے گی؟ کاش سہراب نے الکٹرک بھٹی کو ترجیح دی ہوتی میں سوچ رہا تھا۔

میں نے غیر ارادی طور پر آسمان کی طرف دیکھا۔ مجھے بچپن کا وہ منظر دوبارہ نظر آنے لگا۔ گِدھوں کا ایک جھنڈ تیزی سے دخمہ کی طرف آرہا تھا۔

پارسیوں کے چہرے خوشی سے کھل اٹھے۔ بیس برس بعد یہ منظر لوٹا تھا۔

"پتہ نہیں کہاں سے آئے ہیں؟" وہ ایک دوسرے سے سوال کر رہے تھے۔

"اگر فرش پر چینی گر جائے تو چیونٹیاں کہاں سے آتی ہیں؟" کوئی میرے کان میں پھسپھسایا۔

٭٭٭

خس آتش سوار

سورج نکلنے میں دیر تھی۔ گرودیو نے آنکھیں موندے موندے سوچا وہ سب اپنی اپنی ذمہ داریاں سنبھال چکے ہوں گے۔ دو گھنٹے بعد وہ میڈ ٹیشن ہال میں جمع ہو جائیں گے۔ آج انھیں لکچر دینا تھا۔ انھیں اس بات کا اچھی طرح احساس تھا کہ ان کے پاس ایسے الفاظ ہیں جو سننے والوں پر جادو کر دیتے ہیں۔ ان لفظوں میں باندھ کر وہ اپنے عقیدت مندوں کو جہاں جی چاہا پہنچا سکتے ہیں۔ ان کے الفاظ سن کر سب پر ایک کیفیت طاری ہو جاتی ہے اور ان لفظوں کے سہارے وہ نئے نئے جہانوں کی سیر کرنے لگتے ہیں اس لیے وہ دیوانہ وار اس ہال میں جمع ہو جاتے ہیں۔ یہ جادو بڑے گرودیو کے پاس بھی نہیں تھا وہ سب ان کا احترام کرتے تھے۔ ان کی تپسیا کے قصے، ان کی عبادت کی کہانیاں سارے جگ میں مشہور تھیں وہ بہت بڑے گیانی تھے۔ رات دن دنیا سے بے خبر اپنی کٹیا میں بیٹھے بوسیدہ پتروں میں علم کا سمندر کھنگالتے تھے۔ گرودیو جانتے تھے کہ بڑے گرودیو کی عزت ساری دنیا کرتی ہے۔ مگر ان کے پاس وہ لفظ نہیں ہیں جو مختلف روپ دھار کے ایک نئی دنیا بناتے ہیں۔

اُپدیش دینے کے بعد وہ اپنی کٹیا میں چلے آتے ان کے پیچھے کچھ چیلے چیلیاں آجاتیں وہ سب ان کے گرد جمع ہو جاتے۔ ویسے ان کی کٹیا میں آنے کی ہر ایک کو اجازت تھی۔ لیکن ایک مخصوص گروہ جو ان سے بے پناہ عقیدت رکھتا تھا۔ انھوں نے اسے ہر قسم کی آزادی دے رکھی تھی۔ جسے بھوک لگتی وہ برتن ٹٹول کے جو کچھ بھی ملتا کھالیتا۔ گرودیو

کے برتن کبھی خالی نہیں رہتے۔ اکثر عقیدت مند مٹھائی اور پھل لے کر آجایا کرتے۔ کبھی کبھار چیلے چیلیاں کھیلنے لگتے۔ پانی سے ہولی کھیلی جاتی۔ گیروے رنگ کے لباس بھیگ کر چیلیوں کے بدن کے سارے راز عیاں کر دیتے۔ لڑکیاں کھلی کتاب بن جاتیں لڑکوں کی آنکھیں چمکنے لگتیں۔ وہ ان کتابوں کا لفظ لفظ پڑھ لینا چاہتے اور اس کوشش میں وہ ایسے ایسے حصوں پر پانی بھری بالٹیاں الٹنے لگتے جہاں پانی تیزی سے بہہ کر آبشار بنانے لگتا۔

گرودیو مسکرا دیتے "دیکھو وہ سب کیسے معصوم لگ رہے ہیں بچوں کی طرح۔ ہر چھل کپٹ سے آزاد"۔

"ان میں کوئی بچہ نہیں ہے" ماں جوگیشوری بر اسامنہ بنا کر کہتیں جو چالیس بیالیس سال کی ہو کر بھی غیر شادی شدہ تھیں۔ رات دن خدمت کر کے انھوں نے گرودیو کے دل میں جگہ کر لی تھی سارے چیلے چیلیاں ان کا لحاظ کرتے تھے۔ "یہ اس وقت تک بچے ہی ہیں جب تک اپنے خول توڑ کر باہر نہیں آتے" گرودیو مسکراتے۔ "اس کی طرف دیکھئے" ماں جوگیشوری اس دراز قد چیلے کی جانب انگلی اٹھا کر کہتیں۔ جو ہر وقت بڑے گرودیو کے کھڑاویں سینے سے لگائے رکھتا۔ اس وقت اس دراز قد چیلے کی آنکھیں رال ٹپکاتی ہوتیں۔ چھوٹے سے قد کی اس لڑکی کو دیکھ کر وہ زیادہ ہی مضطرب ہو جاتا۔ جس کا جسم بھرپور تھا۔ ایسا معلوم ہوتا تھا جیسے اس کے جسم پر صرف دائرے ہی ہیں۔ دراز چیلے کی آنکھیں اس وقت اپنے حلقوں سے نکل کر ان دائروں میں گردش کر رہی تھیں۔ ایسی حالت میں اسے دیکھ کر وہ چیلی قہقہہ لگاتی اور اپنے ساتھیوں سے کہتی "طوطا" اور پھر قہقہہ اجتماعی آواز کا شور بن جاتا۔

"بچے ہی ہیں نا؟ ان کی ہنسی میں چھپی معصومیت کو سنو" گرودیو کہتے "اس کی آنکھوں میں ہوس صاف جھلک رہی تھی۔ آپ انھیں سزا کیوں نہیں دیتے؟" ماں

جوگیشوری براسامنہ بنا کر کہتیں۔

"دھیرے دھیرے اس کی آنکھوں کی کیچڑ صاف ہوگی۔ دیکھو ہم سب منش ہیں تم بھی اور میں بھی۔ غلطی منش ہی کرتا ہے۔ اسے معاف کرنا سیکھو" سزا دینا ہمارا نہیں ایشور کا کام ہے" گرودیو کہتے۔

گرودیو کو آشرم کی پوری خبر رہتی تھی۔ وہ ان کے نجی مسائل میں بھی دلچسپی لیتے تھے۔ ان کے مسائل حل کرنے کی بھی کوشش کرتے ان کے عقیدت مند ان کے ہاتھوں مہورتیں نکلواتے۔ جنم کنڈلی دکھاتے۔ گرودیو انھیں مشورہ دیتے۔ اس لیے ان کی کٹیا عقیدت مندوں سے بھری رہتی۔ کچھ ضرورت مند بھی وہاں موجود ہوتے کیوں کہ وہ لوگوں کی ضرورتیں ان کے چہروں سے پڑھ لیا کرتے اور اس طرح مدد کرتے تھے کہ کسی کو پتہ بھی نہ چلتا۔

صبح وہ مڈیٹیشن ہال پہنچ گئے۔ حسبِ معمول وہاں بہت سارے چیلے اور چیلیاں موجود تھیں۔

"آتم وچار کرو۔ اپنے نفس کو پہچاننے کی کوشش کرو۔ اسی میں مکتی ہے۔ سیّم شانتی نفس کو پہچاننے سے ملتی ہے۔ اس کے سوا سب دھوکا ہے مایا جال ہے۔ منش کی ظاہری شکل بھی دھوکا ہے۔ اس لیے آثار و مظاہر میں نہیں کھونا چاہیے۔ اصل آتما ہے شریر ایک خول ہے۔ آتما کو پہچانو۔ منش کی اصلیت کو جانو۔ اور واستوکتا کا گیان حاصل کرو۔ آتما سے پرماتما تک پہنچنے کا راستہ تلاش کرو۔

"پھر ہمارے شریر کیا ہیں ؟" گورے چٹے چیلے نے ان سے سوال کیا؟

"ایک سندر سا خول اور کچھ نہیں"

"ہماری حقیقت کیا ہے ؟"

"کسی کی کوئی حقیقت نہیں۔ حقیقت یا واستو کتا صرف بھگوان ہے۔ سر شٹی کا۔ استھتو اواستوک یا ستیہ نہیں ہے۔ جو کچھ نظر آتا ہے وہ دھوکہ ہے"

"آتما کیا ہے؟"

"آتما کا بھگوان سے الگ کوئی وجود نہیں سرشٹی کے کن کن میں وہ اپستھت ہے۔"

"بھگت کو یہ کلپنا کرنی چاہیے کہ بھگوان اس سے جدا نہیں ہے بلکہ اس کے گھٹ میں سمایا ہوا ہے تب ہی آتما اور پرماتما ایک ہو سکتے ہیں۔ اس لیے آتما کو مضبوط بناؤ۔ خول مٹی میں مل جائے گا اسے کیڑے مکوڑے کھا جائیں گے اس لیے خول کے جال میں نہ پھنسو۔ ساری آتمائیں ایک جیسی ہوتی ہیں جگ میں ستری اور پرش بھیتر سے ایک جیسے ہیں"

"ہمارا اصل روپ کیا ہے؟"

"بہت ہی گھناؤنا۔ تم لوگ سہن نہ کر پاؤ گے۔ اس پر جھوٹ کا ملمع چڑھا رہنے دو"

"ہم اپنے آپ کو دیکھنا چاہتے ہیں"

"اس کی تم میں طاقت نہیں ہے"

"آپ بتائیے ہمیں اپنا اصل روپ" سب نے اصرار کیا۔

پھر وہ مجبوراً راضی ہو گئے۔ کچھ دیر سوچنے کے بعد انھوں نے کہا۔

" جسے اپنے آپ کو دیکھنا ہو وہ میرے ساتھ کٹیا چلے"

"ان کے پیچھے وہی مخصوص چیلے چیلیاں رہ گئے۔ باقی کو اپنی ذات سے کوئی دلچسپی نہ تھی۔

سب کٹیا میں جمع ہو گئے۔ انھوں نے ایک بڑے سے برتن میں جل ڈالا اور کچھ اشلوک پڑھنے لگے۔ ایک سناٹا چھا گیا۔ کسی کی ہمت نہیں ہو رہی تھی کہ اپنا اصلی روپ دیکھے پتہ نہیں کیسا ہو؟

سب سے پہلے وہ لنگڑا چیلا اچھلتا ہوئے برتن تک گیا۔ اپنا عکس دیکھ کر وہ چونک پڑا سب برتن پر جھک گئے۔ بڑی عجیب شکل تھی گدھے کا سر، بیل کا جسم، کوے کی چونچ، سب سے قہقہہ لگایا۔ لنگڑا چیلا کھسیانی ہنسی کے ساتھ وہاں سے ہٹ گیا۔ پھر گورا چٹا چیلا برتن کے پاس گیا۔ وہاں چھوٹا سا بندر نظر آرہا تھا۔ بے چین مضطرب!! قہقہہ!!

دراز قد چیلے کو سب نے دھکیل کر برتن تک پہنچایا۔ طوطے کی شکل، آنکھوں میں کیچڑ، اس کے چہرے پر سب سے نمایاں زبان تھی۔ بار بار تلوے چاٹنے کے عمل سے لپلپی ہوگئی تھی۔ اک دم بھی نظر آرہی تھی جو تیزی سے ہل رہی تھی۔ اس بھیانک روپ کو دیکھ کر وہ سب چپ ہوگئے۔

پھر اس سیاہ فام چیلے نے اپنا عکس دیکھا۔ ایک بڑا سیاہ ناگ پھنکارتا نظر آیا۔ سفید رنگ اور لمبی گردن والی چیلی نے خود کو دیکھا تو بلی اور خرگوش کی ملی جلی تصویر بنی۔ عینک والا کاہل چیلا اس برتن میں ایک چنپینزی دکھائی دینے لگا چپٹی ناک والا برتن کے قریب آیا تو اس کا عکس دیکھ کر وہ سب کانپ گئے۔ خطرناک بلڈاگ جیسا چہرہ سور جیسی تھوتنی!!

ماں جوگیشوری بھی سب کے اصرار پر اپنا عکس دیکھنے پر راضی ہوگئیں۔ مقدس جل پر ایک چالاک لومڑی کا عکس بنا۔ ماں جوگیشوری کھسیانی ہوگئیں۔ اور وہ سب کو بے تحاشہ گالیاں دینے لگیں۔ یہی ان کے اصل روپ تھے تو پھر بہت گھناؤنے تھے۔

وہ ایک مسلسل عذاب میں مبتلا ہوگئے۔ وہ اپنے اصلی چہرے بھول گئے تھے۔ برتن کے عکس ان کے ذہنوں پر نقش ہوگئے تھے۔ اب وہ سوچ رہے تھے کہ کاش وہ اس کا مطالبہ نہ کرتے پھر ان سب کے ذہنوں میں ان ہی سوال ڈنک مارنے لگا اس پوتر جل میں گرودیو کیسے نظر آتے ہوں گے؟ وہ سب ایک دن جمع ہوگئے اور اپنی خواہش کا انھوں نے گرودیو سے اظہار کیا۔ گرودیو مسکرائے۔

انھوں نے پوتر جل کا برتن پھر ان کے درمیان رکھ دیا۔ اور کہا ایک ایک کر کے اس برتن میں جھانکو۔ سب نے ان کا روپ دیکھ لیا۔ کسی میں ہمت نہیں تھی کہ اس کا روپ بیان کرے۔ انھوں نے پوچھا بھی نہیں۔ وہ سب کٹیا کے باہر آ گئے اور ایک دوسرے سے گرودیو کا روپ پوچھنے لگے۔

"مجھے دھواں ہی نظر آیا" بندر نے کہا

"اتنی روشنی تھی کہ میری آنکھیں چندھیا گئیں۔ لنگڑے نے کہا

"مجھے ایک پر سکون دریا نظر آیا"۔ بلّی نے کہا

"میرے پاس ایسے شبد نہیں کہ میں گرودیو کا روپ بیان کر سکوں"

لپلپی زبان والے نے کہا

"فائدہ ہی فائدہ۔" بلڈاگ اور سوّر کا امتزاج بڑبڑایا۔

"اور تمھیں" سب نے ایک زبان ہو کر ناگ سے پوچھا۔ ناگ وہاں موجود نہ تھا۔ پتہ نہیں وہ کب وہاں سے کھسک گیا تھا۔ ان میں سراسیمگی بھر گئی۔

اس ناگ کو وہ سپیرا کسی جنگل سے اٹھا لایا تھا۔ سپیرے نے اس ناگ کو آشرم میں چھوڑا اور خود کہیں چلا گیا۔ یہ ناگ کوئی خاص نسل کا بھی نہیں تھا نہ اس کی کھال چمکدار تھی۔ گرودیو کی دیکھ بھال اور توجہ نے اس کی آنکھوں میں بے پناہ چمک پیدا کر دی تھی اور پہلے سے خوب صورت ہو گیا تھا۔

ساری مصیبت ان کے اصلی چہروں کی وجہ سے ہوئی تھی۔ وہ اپنے آپ کو بھول گئے تھے اور یہیں سے آشرم میں ایک زیریں طوفان آیا تھا۔

سب سے پہلے ماں جوگیشوری نے کٹیا میں آنا بند کر دیا۔ کیوں؟ یہ کوئی نہیں جانتا تھا کسی نے کہا کہ سیاہ ناگ نے اسے ڈس لیا۔ کوئی کہتا تھا بندر نے کھسوٹ دیا۔ کوئی اسے لپلپی

زبان والے کا کارنامہ سمجھتے تھے۔ حقیقت کا علم کسی کو نہ تھا اور نہ گرودیو نے کبھی حقیقت بتائی وہ یہ کہتے رہے۔ "دیکھو ہم سب منش ہیں۔ تم بھی اور میں بھی ہو سکتا ہے کوئی بھول ہو گئی ہو۔ فیصلہ تو ایشور ہی کرے گا نا؟"

ماں جوگیشوری اب کٹیا میں نہیں آتی تھیں۔ آشرم میں آتیں تو سیدھے بڑے گرودیو مہاراج سے مل کر چلی جاتیں۔ ماں جوگیشوری کے اس طرح چلے جانے کا غم بہت دن تک گرودیو کرتے رہے۔ ان دنوں وہ احمق سی چیلی گرودیو کی دلجوئی کرتی رہی اس نے گرودیو کی جی جان سے خدمت شروع کر دی دیکھتے ہی دیکھتے اس نے وہی استھان حاصل کر کیا جو ماں جوگیشوری کا تھا۔ لیکن کوئی چیلا اسے ماں نہیں کہتا تھا۔ کیوں کہ اس کی اور گرودیو کی عمر میں کافی فرق تھا۔ ہاں گرودیو کی قربت نے اس چیلی کی اہمیت بڑھا دی تھی۔

پھر ایک واقعہ ہوا۔ پرانے مندر کی مہربان پجارن ماں آشرم آئیں۔ وہ سب ماں کے ارد گرد جمع ہو گئے کیوں کہ ماں کے ہاتھوں میں روٹیاں تھیں۔ ماں نے بندر کے آگے روٹی ڈالی۔ اور گلے میں زنجیر ڈال کر پرانے مندر لے گئیں، بندر مچلنے لگا تو گرودیو نے کہا "جا اب تجھے وہیں سے روٹیاں ملیں گی پجارن ماں بندر کو پرانے مندر میں بٹھا کر تیرتھ استھانوں کو چلی گئیں۔ ان کی جگہ جس پجارن نے پرانے مندر کو سنبھالا وہ بھی بندر پر بہت مہربان تھیں۔ سارا دن بندر کا خیال رکھتیں۔ اور جب ماں اپنی کٹیا چلی جاتیں تو بندر قلانچیں بھرتا ہوا آشرم آجاتا اور گرودیو کے قدموں پر لوٹنے لگتا گرودیو اسے پچکارتے۔ بندر پرانے مندر کے باسیوں کی نقلیں اُتارتا۔ گرودیو خوب ہنستے اسے کندھے پر بٹھا لیتے۔ ایسے میں وہ بلّی جیسی چیلی اٹھتی اور بندر کو نیچے مارنے لگتی بندر اسے سارے کمرے میں نچاتا پھرتا۔ گرودیو ان کی لڑائی سے خوب لطف لیتے، لڑائی ختم ہو جاتی تو بلی اپنے مالک

گرودیو کے جسم سے اپنا بدن رگڑنے لگتی۔ اور مونچھیں صاف کرتی۔ بلّی اور بندر کی خوب نبھنے لگی۔ کبھی کبھی وہاں ناگ بھی آجاتا۔ گرودیو کی خواہش تھی کہ بندر اور ناگ ساتھ ساتھ رہیں۔ مداری کا تماشا اسی وقت کامیاب ہوتا ہے جب ڈگڈگی پر بندر ناچے اور بین پر ناگ جھومے اور شاید ایسا ہی ہوتا لیکن۔ پھر ایک اور واقعہ ہوا۔ بڑے گرودیو مہاراج نے ایک عجیب سا مشروب تیار کیا اور اسے دو پیالوں میں رکھ دیا۔ اور کہا کہ جو اس مشروب کو پی جائے گا وہ اسی آشرم کا ہو رہے گا۔ لپلپی زبان والے نے تلوے چاٹنے کا عمل تیز کر دیا۔ گرودیو جانتے تھے کہ لپلپی زبان والا کسی طرح اس پیالے کا مشروب پی جائے گا۔ البتہ ناک کی زبان بہت چھوٹی ہے۔ اس کے ہاتھ ہیں نہ تلوے۔ ہاں بندر اس مشروب کو منٹوں میں ختم کر سکتا ہے لیکن وہ چاہتے تھے کہ سیاہ ناگ اس مشروب کو کسی طرح پی لے اور جب پیالے رکھے گئے تو ایک پیالہ لپلپی زبان والے نے حاصل کر لیا۔ گرودیو مہاراج نے بندر کی دم کھینچی اور اسے کندھے پر بٹھا کر کہا کہ تمھارا پیٹ پہلے سے بھرا ہوا ہے اب یہ مشروب پیوگے تو سب کچھ اگلنا پڑے گا۔ ادھر بیٹھے بیٹھے تماشا دیکھو بہت آنند ملے گا۔ سیاہ ناگ نے اس مشروب کو چٹ کر ڈالا۔ وہ لنگڑا عجیب الخلقت چیلا یہ منظر دیکھ کر پاگل ہو گیا۔ وہ آشرم کی دیواروں سے سر ٹکرا ٹکرا کر بہت ہی خوفناک آواز میں رونے لگا تھا۔ اس روز گرودیو کے کندھے سے بندر اُترا تو بس اُتر ہی گیا۔ گرودیو نے پھر کبھی اسے کندھے پر بیٹھنے نہیں دیا۔ بندر کو پہلی بار احساس ہوا کہ وہ ایک ایسے مداری کے پاس ہے جہاں سانپ تماشے کے آخر میں پٹاری سے نکلتا ہے اور چند لمحوں کے لیے زمین پر جھومتا ہے۔ سارے کرتب اور نقلیں بندر کو دکھانی پڑتی ہیں۔ بندر کی اچھل کود سے وہ خوش تو ہوتے ہیں لیکن احترام ناگ کا کرتے ہیں۔

ایک روز بندر پرانے مندر سے آشرم آیا تو بھگوان کی کٹیا خالی پڑی تھی وہ پورنیما کا

دن تھا۔ کٹیا میں بلّی تنہا بیٹھی اپنے بال چاٹ رہی تھی۔ اس نے بتایا کہ گرودیو کالے ناگ کے ساتھ ندی کے بیچوں بیچ تپسیا کر رہے ہیں۔

بندر گرودیو کی نقل میں ان کے آسن پر جا بیٹھا۔ اس نے گرودیو کے لہجے میں بلّی سے کہا۔

"سرشٹی کی حقیقت یہ ہے کہ اس کی کوئی حقیقت نہیں ہے۔"

"شریر ایک مایا جال ہے۔ اصل شئے آتما ہے۔ اس مایا جال میں کبھی نہ پھنسنا، رشیوں منیوں کی تپسیا بھنگ کرنے کے لیے راکششوں نے یہ جال بنایا ہے۔ اس لیے شریر کی طرف سے آنکھیں بند کرلو۔ آتما میں جھانکو ساری آتمائیں ایک جیسی ہوتی ہیں۔"

بندر کو محسوس ہوا جیسے بلّی اس کے سینے پر آبیٹھی ہے "کیا بات ہے تمہاری سمسیا کیا ہے "اس نے بلّی کے سر پر ہاتھ پھیرتے ہوئے کہا بلّی نے کچھ نہیں کہا۔ لیکن بندر نے محسوس کیا وہاں بلّی کے نرم نرم بال نہیں بلکہ ایک عورت کا جسم ہے اس نے خود کو سمجھایا کہ وہ ایک معصوم بلّی ہے۔ کوئی لڑکی نہیں ہے۔ لیکن ہاتھوں کا لمس اسے صاف جھٹلا رہا تھا۔ وہ ایک بھرپور عورت کا بدن تھا اس کی انگلیاں اس پیچ و خم کو محسوس کر رہی تھیں۔ جگہ جگہ کٹاؤ، ابھار، نشیب و فراز بند پلکوں کے پیچھے سے آنکھیں کھسک کر انگلیوں میں سما گئی تھیں اس عورت کے جسم کے سارے دریچے، ساری کھڑکیاں کھلتی جارہی تھیں وہ ایک کھڑکی بند کرتا تو دوسری کھڑکی کھل جاتی۔

یہ مقدس گرودیو کا پوتر آسن ہے۔ شریر ایک دلدل ہے۔ وہ اس دلدل میں اُترتا جا رہا ہے۔ اس مایا جال سے وہ کیسے نکلے؟ فرار کا ایک ہی راستہ تھا اسے یاد آیا کہ وہ جب ان کے اصلی روپ دیکھے گا تو شریر کا جال خود ہی ٹوٹ جائے گا۔ اور اسے مکتی مل جائے گی۔ اس سنکٹ سے نکلنے کا یہی ایک راستہ ہے۔

اس نے آنکھیں پھر سے واپس لگالیں۔ مقدس پانی میں عکس دیکھا۔ لیکن وہاں تو آگ لگی ہوئی تھی۔ اور اس آگ میں ستری اور پرش کے ایسے شریر نظر آرہے تھے جیسے انھوں نے پہلی بار دھرتی پر قدم رکھا ہو۔ وہ گھبرا گیا۔

"تمھیں اس برتن میں کیا نظر آرہا ہے" اس نے استری سے پوچھا۔

"آگ اور جلتے ہوئے دو شریر" ستری نے کہا

"تمھیں بھی....."

اس نے بوکھلا کر پوچھا

"تم نے یہ منظر پہلے کبھی دیکھا؟"

"نہیں"

"پھر کیا دیکھتی رہیں اس برتن میں ؟"

"مرگ ترشنا۔ عورت نے کہا

"پھر کیا گرودیو کے استھان سے دیکھنے پر منظر بدل جاتا ہے؟" اس نے سوچا

"نہیں" یہ برتن جھوٹا ہے۔ اس نے برتن اٹھایا اور فرش پر چھوڑ دیا۔

سارے کمرے میں آگ اور دھواں پھیل گیا۔

تیسرے دن وہ کٹیا پہنچا تو گرودیو نے پوچھا

"یہ برتن تم نے توڑا؟"

"ہاں گرودیو"

"کیوں ؟"

اس نے پورا قصہ کہہ سنایا۔

گرودیو گہری سوچ میں پڑ گئے۔ "وہ تو کچھ اور ہی کہتی ہے"

"گرودیو میرا لباس ایسا بھی نہیں تھا کہ جس کا دامن بہت بڑا ہوتا اور آپ کو بتاتا کہ میرا دامن سامنے سے نہیں پیچھے سے پھٹا ہے"

"ہوں۔ گرودیو گہری سوچ میں کھو گئے کئی لمحوں بعد انھوں نے کہا "تم نے دو غلطیاں کیں۔ ایک ہمارے آسن پر جا بیٹھے۔ دوسرے وہاں سے برتن میں خود کو دیکھنے کی کوشش کی"

"میں کیا کرتا گرودیو" کیسے اس مایا جال کو توڑتا؟"

"اسے معصوم بچی کی طرح تھپک تھپک کر سلا دیتے"

"میں نے کوشش کی گرودیو لیکن میری انگلیاں اس جھوٹ کے لیے تیار نہیں ہوئیں کیوں کہ میری آنکھیں انگلیوں کے پوروں میں منتقل ہو گئی تھیں"

"ہماری ساری شکشا بے کار گئی۔ تم نے ایسا کیوں کیا؟"

"ویسا کچھ بھی نہیں ہوا گرودیو۔ میں اس دلدل سے نکل آیا۔ اس کے بعد بھی گرودیو مجھ سے کوئی غلطی ہوئی ہے تو میں ایک سادھارن منش، ہوں اور بھول منش سے ہی ہوتی ہے۔"

"بھول کی سزا ملے گی تمھیں۔"

"لیکن گرودیو سزا دینا تو ایشور کا کام ہے اور۔

"خاموش رہو" گرودیو دھاڑا۔ ہمیں کیا سمجھتے ہو تم؟ پرماتما کا روپ ہیں کیا تم نہیں جانتے کہ بھگوان ایک خزانہ تھا۔ اس نے

چاہا کہ پہچانا جائے پس اس نے جگ کو بسایا۔ ادھر دیکھو ہمارے گلے میں کیا ہے؟ گرودیو نے پوچھا۔

چیلے نے دیکھا گرودیو کے گلے میں سیاہ رنگ کا ناگ پھن کاڑھے بیٹھا ہے۔

تم نے کسی منش کے گلے میں اسے جھومتے دیکھا؟ نہیں نا"

"اسے ہم نے بنایا تا کہ ہمیں پہچانا جائے۔ اس نے ہمیں پہچان لیا۔ اب ہم سویم بھگوان ہیں۔ ہمیں پرنام کرو۔ ہماری دی ہوئی سزا قبول کرو۔ اپنے پاپوں کا پرایشچت کرو۔ جب تک ایسا نہیں کروگے اس سورگ کے دروازے تم پر بند رہیں گے"۔

لیکن گرودیو سزا تو اسے بھی ملنی چاہیے"

"نہیں ایشور نے ستری اور پرش کو ساتھ ساتھ سزا کاٹنے کے لیے دھرتی پر بھیجا تھا۔ جانتے ہو اس کا نتیجہ کیا نکلا۔ وہ سورگ کو بھول گئے۔ اور اسی غلطی کے سہارے انھوں نے پورا سنسار بسا لیا اب ایسا نہیں ہوگا صرف ستری سورگ میں ہوگی اور پرش کو سورگ چھوڑنا پڑے گا۔ اپنا ماتھا ٹیکو۔ ہاتھ جوڑو ہمیں پرنام کرو۔ اور سزا کاٹنے چل پڑو۔" گرودیو نے کہا۔

اس نے گھٹنے نہیں ٹیکے۔ ماتھا نہیں جھکایا۔ پرنام کرنے کو ہاتھ نہیں جوڑے۔ اس نے گرودیو کی طرف دیکھا۔ ان کے گلے میں جھومتے سانپ کی طرف دیکھا۔ فرش پر ٹوٹے ہوئے برتن کو دیکھا، چپ چاپ اس کٹیا سے چلا آیا جو اس بھگوان کا سورگ تھی۔ اب اس کے جسم پر کسی خول کا بوجھ نہیں تھا۔ وہ ایک معمولی سا منش تھا۔ سیدھا سادا ہلکا پھلکا۔ وہ جنگل میں دوڑتا چلا گیا۔

***

اجنبی اجنبی

جہاز زمین سے قریب ہوتا جارہا تھا۔ اس کے وجود میں اطمینان کی ایک لہر دوڑ گئی۔ بس چند لمحے۔ چند لمحوں بعد اجنبیت کا بوجھ جو پچھلے چار برسوں سے وہ اپنے کندھوں پر اٹھائے پھر رہا ہے، اتار پھینکے گا۔ چار برس پہلے اس نے اپنی شناخت کھو دی تھی اور پیسہ ڈھالنے کی مشین بن گیا تھا۔ اجنبی چہرے، اجنبی زبان، اجنبی ماحول، اجنبی فضاء۔ صحرا میں ابھرتا ہوا خوب صورت شہر۔ ریگستان کی کھوکھ سے جنم لیتی اونچی اونچی عمارتیں۔ کشادہ سڑکیں۔ سبک ایئر کنڈیشنڈ موٹریں۔ سب کچھ شان دار۔ لیکن اس کا اپنا یہاں کوئی نہیں تھا۔

اپنے ہم وطن ساتھیوں کے ساتھ وہ بھی ایک کمرے میں رہنے لگا تھا۔ وہ سب مشین کے پرزوں کی طرح مقررہ وقت پر آفس یا فیکٹری چلے جاتے اور اتنے ہی مشینی انداز میں واپس آجاتے۔ فرصت کے اوقات میں وہ اپنے اپنے شہر کی یادوں کے آتش دان دہکا کر خود کو گرماتے رہتے۔ پھر کچھ دن بعد اس آتش دان کی راکھ بھی سرد ہوگئی۔ ایک ایک کر کے ساری چنگاریاں بجھ گئیں۔

زندگی ایک طویل اکتاہٹ کا صحرا بن گئی اوراس کے شانوں پر اجنبیت کا بوجھ لد گیا۔

جہاز لینڈ ہوگیا۔ اپنا سامان کسٹم پر چیک کراتے ہوئے اس کے ذہن میں ایک عجیب سی خواہش جاگی۔ کاش دوسرے سامان کے ساتھ کسٹم آفیسر اس کے وجود پر لدے

ہوئے اجنبیت کے بوجھ کو بھی چیک کرے اور اجنبی ملک سے یہاں آنے کے جرم میں اس بوجھ کو ضبط کرے۔

کسٹم کے مرحلے سے چھٹکارا پا کر وہ باہر نکلا تو وہ سب اس کے منتظر تھے۔ اس کے تصوراتی پیکروں سے بالکل مختلف! اس کی بیوی نیلو قیامت کی حسین نظر آ رہی تھی۔ کہاں وہ سوکھے سہمے سے اعضاء، خشک ہونٹوں اور زرد چہرے والی بیمار سی نیلو، اور کہاں یہ سراپا بہار نیلو گہری نارنجی ساڑی اور سیاہ چست بلاؤز میں ملبوس۔ آنکھوں پر دھوپ کا چشمہ۔ اور وہ نوخیز لڑکی۔ جوانی اور بچپن کے درمیان شوخی کے ساتھ جھولتی ہوئی۔ یقیناً یہ اس کی پمی ہے۔ لیکن یہ لڑکی اس کی بیٹی کیسے ہو سکتی ہے؟ اس کی بیٹی تو گلے میں جھول جاتی تھی۔ مگر یہ لڑکی کیسے اس کے گلے میں جھول سکتی ہے؟ کتنا بڑا تو قد ہو گیا ہے۔

"ہیلو ڈیڈی"

"ہیلو۔ بیٹا" پمی کے سر پر ہاتھ پھیرتے ہوئے وہ خود بھی جھجک گیا۔

منا بھی بڑا ہو گیا تھا اور اسے اجنبی نظروں سے ٹکر ٹکر دیکھ رہا تھا۔ مانٹو فیروز کی گود میں بیٹھا اس کی موجودگی سے بے نیاز ایئرپورٹ کے لاؤنج کا جائزہ لے رہا تھا۔

"بیٹے یہ تمہارے ڈیڈی ہیں" نیلو منے سے کہہ رہی تھی "وش کرو ڈیڈی کو"

لیکن منا نیلو کے پیچھے جا چھپا۔

"شرماتا ہے" نیلو نے ہنس کر کہا۔

اس نے ہاتھ بڑھا کر فیروز کی گود سے مانٹو کو لینا چاہا تو فیروز نے اپنی بانہیں ڈھیلی کر دیں۔ لیکن مانٹو اس سے چمٹا رہا۔ اس طرح چیخ چیخ کر رونے لگا جیسے کسی اجنبی کے گود میں آ گیا ہو۔

"ابھی مانوس نہیں ہوا ہے" نیلو نے اسے ڈھارس دی۔

پمی، منا، مانٹو کوئی بھی اس کے سینے سے نہیں لگا۔ اس کے شانوں پر لدا ہوا بوجھ اور بڑھ گیا۔ ٹھیک ہے گھر جا کر وہ اسے پھینک دے گا۔

ٹیکسی جس فلیٹ کے سامنے رکی، وہ بہت شان دار تھا۔ گیٹ پر لگی نیم پلیٹ پر کسی ایس۔ کے صدیقی کا نام لکھا ہوا تھا۔ کون ہے یہ ایس۔ کے صدیقی؟ نیلو اسے یہاں کیوں لے آئی ہے؟ وہ اجنبیوں کی طرح گھر میں داخل ہو گیا۔

اجنبی در و دیوار۔ غیر مانوس ماحول۔ لیکن شان دار سجاوٹ۔ نیلو نے اسے باتھ روم کا راستہ بتا دیا۔ باتھ روم بہت خوب صورت تھا، لیکن اس خوب صورتی سے بے نیاز وہ ٹھنڈے پانی کے شاور کے نیچے یہی سوچتا رہا کہ یہ ایس۔ کے صدیقی کون ہے؟۔

باتھ روم سے نکل کر وہ کمرے میں آ گیا۔ نیلو تولیہ لیے اس کی منتظر تھی۔

اس نے نیلو سے پوچھا "یہ ایس۔ کے صدیقی کون ہے؟"

نیلو نے اتنی زور کا قہقہہ لگایا کہ اس کی آنکھوں کے کنارے بھیگ گئے اور گال سرخ ہو گئے۔ سرخ گالوں اور بھیگی پلکوں کے ساتھ نیلو اسے بہت حسین لگی۔

نیلو نے اسے بتایا کہ ایس۔ کے صدیقی وہ خود ہے شوکت کلیم صدیقی۔ وہ کھسیا گیا۔ نیلو نے، جو نیا فلیٹ خریدا تھا۔ یہ وہی فلیٹ تھا۔

اتنے میں نیلو کے کچھ دوست آ گئے۔ کوئی بھی چہرہ اس کا جانا پہچانا نہیں تھا۔ عجب تکلف کی فضا تھی، وہ بے چینی سے پہلو بدلتا رہا۔ لیکن نیلو سب سے ہنس ہنس کر باتیں کرتی رہی۔ اسے ایسا لگا کہ وہ نیلو نہیں، کوئی اور عورت ہے۔ نمائشی، سجی۔ سنوری پر تکلف!

رات کو گیارہ بجے تنہائی نصیب ہوئی۔ اس نے نیلو کو بتایا کہ وہ کتنی خوب صورت ہو گئی ہے۔ کس طرح وہ اس کی تصویریں اور خطوط پڑھ پڑھ کر راتیں کاٹتا رہا۔ اسے یقین تھا

نیلو بھی ایسی ہی فراق کی کہانیاں سنائے گی، لیکن نیلو صرف مسکراتی رہی۔ وہ ساری کہانیاں سنانا چاہتا تھا۔ نیلو کو گدگدانا چاہتا تھا کہ وہ بے دم سی ہو کر اس کی بانہوں میں ہانپنے لگے۔ لیکن نیلو اس کی باتیں سن کر جمائیاں لیتی رہی۔ اس نے ساری داستانیں اپنے شانوں پر رکھی ہوئی گٹھری میں رکھا اور بوجھ ہلکا کرنے کے لیے نیلو کو اپنے قریب کھینچا۔ ٹھنڈی ٹھنڈی سی نیلو اس کے سینے سے آ لگی۔ اسے یاد تھا نیلو کس طرح ٹوٹ کر اس میں سماتی تھی۔ اسے یقین تھا ابھی چند لمحوں میں اس کے جسم پر جمی برسوں کی برف پگھل جائے گی۔ وہ نیلو میں وہ سب کچھ تلاش کرنے لگا جو وہ یہاں چھوڑ گیا تھا اسے پورے چار برس کا حساب لینا تھا۔ مگر جلد ہی اسے احساس ہوا کہ نیلو ادھوری سی ہو گئی ہے۔ ایک بے ربط لئے، ایک بے سرا نغمہ۔ اسے ایسا لگا کہ اب وہ ہم آہنگ نہیں ہو سکیں گے۔ اس وقت بہت کوشش کی تو اس کے ذہن میں وہی احساس جاگا جو فریج میں رکھے ہوئے ڈبے کے گوشت کو گرم کرتے کرتے ہوئے جاگتا تھا۔ تازگی کی عدم موجودگی کا ایک تشنگی بھرا احساس۔

کئی دن تک یہی ہوتا رہا۔ دھیرے دھیرے اس پر یہ بھید کھل گیا۔ نیلو سچ مچ بدل گئی ہے۔ اب نیلو اچھی طرح جانتی ہے کہ کون سا لباس کب پہننا ہے، لباس کہاں سے ڈھیلا اور کہاں چست ہونا چاہیے۔ لباس کا کون سا ٹانکا کس عضو کی اہمیت بڑھاتا ہے، جسم کے کونسے حصہ کو ابھارنا چاہیے۔ نیلو واقعی بہت پر تکلف اور تصنع پسند ہو گئی ہے۔ اب وہ رات کو سوتے وقت خوب صورت نائیٹی پہنتی ہے۔ یہ نیلو اس کی نیلو سے بہت مختلف تھی۔ یہ تو کوئی اور تھی۔ شوکیس میں سجی گڑیا۔ زندگی سے عاری، بے جان۔

اجنبیت کا بوجھ بڑھتا ہی جا رہا تھا۔ کہاں پھینکے وہ اس بوجھ کو؟ وہ اپنی بیٹی پمی کی تلاش میں اس کے کمرے تک آیا۔ پمی نے ایک بار بھی اس کے پاس بیٹھ کر اس سے باتیں نہیں

کی تھیں۔ ٹھیک ہے، وہ بڑی ہو گئی ہے لیکن وہ اسے اپنے کالج کے قصے تو سنا سکتی ہے۔ بس ناشتے کی میز پر ہیلو ہیلو ہوتی، جیسے وہ کوئی مہمان ہو اس کے اندر جانے سے پہلے ہی پمّی کمرے سے دندناتی ہوئی نکلی۔ اس نے بیل باٹم اور چست جرسی پہن رکھی تھی، ہاتھ میں کتابیں لئے ہوئے وہ تیزی سے بھاگی تو زمین کے ساتھ ساتھ اس کا دل بھی دہل گیا۔ قدموں کی جنبش کے ساتھ جسم کے حساس حصے مچل اٹھے۔ پتہ نہیں یہ کون لڑکی ہے۔ یہ اس کی پمی تو نہیں ہو سکتی۔

اس نے نیلو سے پوچھا "یہ پمّی دوپٹہ کیوں نہیں اوڑھتی ؟"

"آج کل لڑکیاں ڈوپٹہ کہاں اوڑھتی ہیں ؟" نیلو برا سا منہ بنا کر ناخوش گوار لہجے میں بولی اور وہ دل مسوس کر رہ گیا۔ وہ سب اپنی اپنی دنیا میں مگن ہیں۔ اس دنیا میں اس کی کوئی جگہ نہیں۔ پمی بہت خود سر لڑکی تھی۔ دن بھر کالج میں رہتی۔ شام کو کوئی نہ کوئی پروگرام ہوتا۔ پکچر پک نک۔ پارٹیاں۔ چھٹی کے دن سہیلیوں سے کمرہ بھرا ہوتا۔ پوپ میوزک کے کیسٹس بجتے۔ ڈانس ہوتا۔ یہ کون سی دنیا ہے ؟ اس کا جی چاہتا کہ اس جوان، بے پرواہ الٹرا موڈرن لڑکی سے اپنی پمی کو مانگ لے۔ اس دھن میں وہ اس کے کمرے تک پہنچا۔ پمی کسی کو ٹیلی فون کر رہی تھی۔ "نہیں نہیں تم گھر نہ آنا۔ ہم وہاں کیفے ٹیریا میں مل لیں گے ہاں" کالج کے قریب۔ اوہ نو ڈیر۔ تم سمجھتے کیوں نہیں آج کل ڈیڈی گھر پر ہیں۔ بور اولڈ مین، چند دنوں کی تو بات ہے۔ وہ واپس ہو جائیں گے۔ اوکے۔" یہ پمّی تھی اس کی لاڈلی بیٹی جو اس کے دفتر سے واپس لوٹنے تک باہر دروازے کی چوکھٹ پر اس کے انتظار میں بیٹھی رہتی تھی اور وہ اب بور ہو گیا ہے۔ اولڈ مین۔

اس نے نیلو سے پوچھا "کیا پمّی کے دوست لڑکے بھی ہیں ؟"

"ہاں منڈلاتے رہتے ہیں۔ لیکن میری پمّی کسی کو لفٹ نہیں دیتی"

میری پمّی ؟ ہاں یہ پمّی ، نیلو ہی کی ہے۔ اس کی پمّی تو ان چار برسوں میں کہیں کھو گئی ہے۔

پتہ نہیں اسے کہاں کہاں مدعو کیا جاتا رہا۔ لیکن ہر دعوت کے پیچھے ایک ہی بات تھی کہ وہ ان کے کسی بھائی ، کسی بیٹے ، کسی رشتہ دار کو وہاں بلالے وہ سب اس سے اسی طرح ملتے جیسے وہ ان سب سے الگ کوئی اور مخلوق ہو۔ اجنبیت کے اس صحرا میں وہ بری طرح دب گیا۔ شاید اس کی شناخت ، اس کا کھویا ہوا وجود اس کے پرانے گھر ، پرانے محلے میں ہو۔ وہ اپنے پرانے دوستوں سے ملنے کے لیے پرانے شہر کی گندگی میں پہنچا۔ پرانے دوستوں نے اسے اس طرح ہاتھوں ہاتھ لیا ، جیسے وہ بادشاہ وقت ہو اور رعایا کا حال معلوم کرنے بھیس بدل کر نکلا ہو۔ اجنبیت کا بوجھ وہاں بھی نہیں پھینک سکا۔

نیلو کے ماحول نے اسے وہائٹ کالر کا اکڑا اکڑا سا آدمی بنا دیا تھا۔ ہر وقت خوش اخلاقی کی اداکاری کرنے والا کٹھ پتلا۔ تصنع اور تکلف کے اس بوجھ کو وہ کہیں پھینک کر ہلکا پھلکا ہونا چاہتا تھا۔ لیکن اسے ایسا لگا کہ اجنبیت کا یہ بوجھ وہ کہیں بھی نہیں پھینک سکے گا۔ جیسے وہ پرانی داستانوں کے کردار کی طرح کسی جادوگر کے سحر کا شکار ہو گیا ہو۔ پھر ایک دن اسے گمان ہوا کہ اس کی چار برس کی غیر موجودگی میں فیروز روزانہ اس کے گھر آتا رہا ہے۔ نیلو اور فیروز آپس میں اتنے اجنبی نہیں جتنے وہ خود کو ظاہر کرتے ہیں۔ جلد ہی یہ راز کھل گیا کہ نیلو کی شخصیت کی گم شدہ کڑی فیروز کے پاس ہے۔ مگر وہ غلاظت پر پتھر نہیں پھینکے گا وہ تو اپنا بوجھ ہلکا کرنے ، پیار سمیٹنے آیا ہے۔ یہی کیا کم ہے کہ بکھری بکھری سی سہی ، نیلو اسے انکار تو نہیں کرتی۔

نیلو نے اپنے سارے خوابوں میں رنگ بھر لیے تھے۔ مگر ان خوابوں میں اس کا کوئی گذر نہیں تھا۔ یہ سچ تھا کہ ان خوابوں کے سارے رنگ اس نے دیئے تھے۔ لیکن نیلو

نے ایک ماہر آرٹسٹ کی طرح پینٹنگ بنا کر ان رنگوں کو پھینک دیا تھا۔ نیلو نے بچوں کو بھی اپنی خوب صورت دنیا میں گم کر رکھا ہے۔ بچوں کو یہ سوچنے کی فرصت ہی نہیں کہ یہ رنگ کہاں سے آئے ہیں۔ اس کے بغیر ہی نیلو نے زندگی کی یہ کہانی مکمل کر لی ہے۔ اس کہانی میں اس کا کوئی کردار نہیں، اس لیے اب اس کی شمولیت نے اس کہانی کو بوجھل کر دیا ہے۔

اسے آئے ہوئے ایک مہینہ ہو گیا تھا۔ اب بوجھ اس کے لیے ناقابل برداشت ہونے لگا تھا۔ اپنے اس بوجھ کو پھینکنے کی اس نے ایک آخری کوشش کی۔ اس نے نیلو سے کہا "میں اگلے ہفتہ واپس لوٹ جاؤں گا۔ کل ٹکٹ کنفرم کرالوں گا۔"

"اوہ اتنی جلدی" نیلو نے کہا۔

نیلو کی بات سن کر امید بھری خوشی سے اس کا دل دھڑکنے لگا۔ اوپری دل سے سہی، کاش نیلو اسے واپس جانے سے روک دے۔ اس مصنوعی التفات کے سہارے ہی وہ اپنے بوجھ کو ہلکا کرلے گا۔

"اس مہینے بونس ملتا ہے۔ ایک مہینے کی زائد تنخواہ ملتی ہے۔ نہ جاؤں گا تو پورے بیس ہزار کا نقصان ہو گا" اس نے سوچا، نیلو کہے گی کہ وہ بیس ہزار کی پرواہ نہیں کرتی۔ اتنے برسوں بعد تو وہ آیا ہے۔ اتنی جلد وہ کیسے واپس جا سکتا ہے؟ پیسہ ہی تو سب کچھ نہیں ہوتا۔ ابھی تو بچوں کا دل بھی نہیں بھرا۔ اس نے شانوں کا بوجھ ہاتھوں میں تھام لیا۔ بس ایک ہی لمحے میں وہ اس بوجھ کو پھینک کر ہلکا پھلکا ہو جائے گا۔

"بیس ہزار! مائی گاڈ" نیلو نے سینے پر ہاتھ رکھ کر آنکھیں پھاڑ دیں۔ پھر تو آپ کو فوراً واپس چلا جانا چاہیے"۔

اس کی رہی سہی امیدیں بھی بوجھ بن کر اس کے شانے پر سوار ہو گئیں۔

ایئرپورٹ پر نیلو، پمّی، مانٹو، منا اور فیروز سب ہی آئے۔ کسی بھی چہرے پر اداسی کا دھواں نہ تھا۔ وہ اسی طرح ہشاش بشاش تھے جیسے اسے رسیو کرتے وقت نظر آرہے تھے۔

اپنے وجود پر پہلے سی بھی زیادہ بوجھ لئے وہ مضمحل قدموں سے سکیورٹی چیک پر پہنچا۔۔۔چیکنگ کے بعد بھی وہ اس امید میں وہاں ٹھیرا رہا کہ شاید آفیسر ہی اس کے بوجھ کو ہلکا کردے۔

اسے یوں کھڑا دیکھ کر آفیسر نے حیرت سے کہا۔

"گو اہیڈ مین۔ کوئی لگیج نہیں۔ کوئی بوجھ نہیں، بہت ہلکے پھلکے جارہے ہیں آپ"

اس نے آفیسر کو خالی خالی نظروں سے گھورا اور تھکے تھکے قدموں سے رن وے کی طرف بڑھ گیا، جہاں اس کا جہاز کھڑا تھا۔

***

کرفیو

خوفناک عفریت نے پھر زندگی کے بدن میں اپنے ناخن گاڑ دیئے۔ زخموں سے خون ابلنے لگا۔ وہ سب وحشت زدہ جانوروں کی طرح سڑک پر نکل آئے۔ عمارتوں اورانسانوں کے اس جنگل میں غراتی پھرنے والی دیو ہیکل جانوروں جیسی بسیں آگ اور پتھراؤ کے خوف سے جیسے غاروں میں جاچھپی تھیں۔ وہ سب بے بس ہو کر اپنی اپنی پناہ گاہوں میں پہنچنے کے لیے بے چین ادھر ادھر دوڑنے لگے۔ اس بھیڑ سے الگ تھلگ سنہرے بالوں والی خوب نوجوان عورت نے ان وحشت زدہ انسانوں کو حقارت سے دیکھا۔ اور ایک خاص ادا سے بالوں کو جھٹکادے کر بڑبڑائی "سب جانور ہیں"۔

خوف کا احساس اس کے وجود میں بھی دھیرے دھیرے اترتا جارہا تھا کہ وہ خود اپنے گھر کیسے پہنچے۔ اس کا گھر ٹھیک اسی علاقے میں تھا جہاں وہ عفریت پنجے گاڑے خون کی پیاس بجھارہا تھا۔

اچانک ہی ایک کار اس کے سامنے رکی۔ دروازہ کھلا اور مہذب قسم کے آفیسر نے شائستگی سے اس کی طرف مسکرا کر دیکھا۔ عورت کے اندر چھپی ہرنی نے چوکنا ہو کر اسے غور سے دیکھا۔ وہ جانوروں جیسا نہیں تھا۔ شکاریوں جیسی سفاکی بھی اس میں نظر نہیں آ رہی تھی۔ بے اطمینانی کی فضا سے نکلنے کا واحد ذریعہ وہی کار تھی۔ ہرنی نے چھلانگ لگائی اور پنجرے کا دروازہ بند ہو گیا۔ آفیسر بے حد خاموش تھا۔ وہ اپنے گھر کا راستہ بتانے لگی۔

کار جھٹکے سے رکی۔ ایک خاکی وردی والے نے کار کے سامنے آکر کہا "اس علاقے

میں سخت کرفیو لگا دیا گیا ہے۔ آپ آگے نہیں جاسکتے"۔

"کرفیو۔۔۔" وہ کانپ گئی۔

"گھر کیسے جائیں؟" اس نے گھبرا کر پوچھا۔

خاکی وردی والے نے اسے عجیب نظروں سے گھورا۔

اب جب کہ عفریت نے پنجے گاڑ دیئے ہیں۔ تو مٹی، چونے اور گارے کی وہ منظم شکل باقی کہاں رہ گئی ہوگی جسے گھر کہا جاتا ہے۔ خاکی وردی والا واپس مڑ گیا۔

قریبی ادھ کھلے ریستوران سے اس نے مختلف نمبر ڈائل کیے لیکن اس کا شوہر اسے کہیں نہ مل سکا۔ چوتھی بار اس نے نمبر ڈائل کرنا چاہا تو آفیسر نے کریڈل پر ہاتھ رکھ لائن کٹ کر دی۔

"کیا ہرج ہے، کرفیو ختم ہونے تک آپ میرے گھر چلیں"۔ اس نے فون رکھ دیا اور اطمینان کی سانس لی۔ وہ خود تنہا گھر نہیں جانا چاہتی تھی۔ ابھی چند دنوں پہلے ہی اس نے اپنی آنکھوں سے عفریت کو تباہی مچاتے دیکھا تھا، دہشت کی فضا تھی۔ شور، چیخیں، لاٹھیاں، پتھراؤ، آگ، دھُواں، سیٹیاں، لاٹھی چارج، جوتوں کی دھمک، گاڑیوں کا شور، آنسو گیس برساتے شل، دستک، گرفتاریاں، فرار کی کوشش، گولی کے دھماکے، لال لال خون۔!!

دور کہیں گولی چلنے کی آواز آئی۔ اس نے فون رکھ دیا اور گاڑی میں آ بیٹھی۔ اسے مہذب انسانوں سے کبھی خوف نہیں ہوتا تھا۔ یہ آفیسر تو بہت شائستہ تھا۔ شادی سے پہلے اس کے کئی مرد دوست تھے۔ ان کے ساتھ وہ کبھی پکنک پر بھی چلی تھی۔ ٹھنڈی بیئر کی چسکیاں اور غیر ملکی سگریٹ کے کش بھی لگالیتی۔ ڈانس بھی کرلیتی تھی لیکن ہوش میں رہ کر۔ اس نے اپنی شخصیت کے گرد ایک خول چڑھا رکھا تھا۔ لیکن شائستہ مردوں کے ساتھ

وہ اس خول سے باہر آجاتی تھی۔ اسے ایسے مرد پسند نہیں تھے جو اپنی مردانگی کا اشتہار ہوتے ہیں اور ہر جگہ اپنی صلاحیتوں کا ڈھول پیٹتے ہیں۔ عورت کو دیکھتے ہی ایک دم جانور بن جانے والے مردوں سے بھی اسے نفرت تھی۔ دھیرے دھیرے اثر کرنے والی شخصیتیں اسے متاثر کرتیں۔ غیر محسوس طریقے سے پیار کیا جائے تو اسے کبھی برا نہیں لگتا۔ ناچتے ناچتے جب مدہوشی کی کیفیت طاری ہوگئی اور کسی نے کمر پر گرفت مضبوط کردی۔ کبھی قدم لڑکھڑا گئے۔ کبھی کوئی چہرہ جھکا تو اس نے اس کا برا نہیں مانا تھا۔ جانوروں جیسے انسانوں سے اسے خوف ہوتا تھا۔ وہ خول میں جا چھپتی۔ وہ جانور اسے زخمی کر دیں گے اور اس کی شخصیت کا بھرم رفتہ رفتہ ختم ہو جائے گا اور وہ بے قیمت اور کھوکھلی ہو جائے گی۔

جوان ہوتے ہی اس کی طرف اٹھنے والی نگاہوں نے اسے خوبصورت بدن کی قدر و قیمت سے آگاہ کر دیا تھا۔ اس کی ساری دِلکشی اور جاذبیت اس کے بدن میں چھپی ہوئی تھی۔ اپنے جسم کی خوبصورتی اور اہمیت سے آگہی نے اسے دوسروں کو ترسانا اور تڑپانا سکھا دیا تھا۔ ایک بہت ہی شریر ہرنی اس کے اندر آچھپی تھی جو لمحے بھر کو شکاری کو نظر آتی اسے لبھاتی، ترساتی اور جب وہ نشانہ جماتا وہ قلانچیں بھرتی ہوئی۔ یہ جا وہ جا۔ شکاری دیوانہ وار سارا جنگل چھانتا پھرتا۔

کار رکی۔ ویل فرنشڈ فلیٹ۔ جدید طرز کا فرنیچر۔ قیمتی قالین۔ سٹریو ٹائپ ٹیپ ریکاڈر۔ کیسیٹس کا ڈھیر!

آفیسر نے ٹیپ کا بٹن دبایا۔ سارے کمرے میں دھیمی دھیمی موسیقی کی لہریں پھیلنے لگیں۔ اس نے ریشمی بالوں کو جھٹکا دیا جیسے وہ فلیٹ کی سجاوٹ سے بالکل متاثر نہ ہوئی ہو۔ وہ خول سے باہر آگئی۔ کوئی خطرہ نہیں تھا۔ آفیسر کے اندر کوئی جانور نہیں تھا۔ میز پر پڑے رسائل سے ایک رسالہ اٹھا کر وہ سوچنے لگی۔ کرفیو اٹھنے تک وہ آفیسر کے خاندان

کے مہذب افراد کے ساتھ رمی کھیل کر وقت گزارے گی۔ لیکن اندر سے آفیسر آیا تو اس کے ہاتھ میں تھمی ٹرے دیکھ کر وہ مایوس ہو گئی۔ اس کا ایک ہی مطلب تھا کہ اس فلیٹ میں آفیسر تنہا ہے۔

خوف کی ایک لہر اس کے وجود میں دوڑی۔

"اونہہ" اس نے لاپرواہی تراشیدہ بال جھٹکے۔

"سارے ملازم اپنے اپنے گھر لوٹ گئے۔ ان کے گھر کرفیو زدہ علاقے میں ہیں"۔

"کرفیو" وہ کانپ گئی۔ اطمینان کی لہروں میں وحشت کا تلاطم اٹھا۔ بار بار تباہی مچانے والے اس عفریت کو ختم کرنے کے بجائے لوگوں کو قید کر کے ماحول کی زندگی چھین لی جاتی ہے۔

چائے کی چسکیوں کے ساتھ گفتگو شروع ہوئی۔ دونوں آرٹ، فلسفہ اور بین الاقوامی سیاست پر بحث کر کے خود کو انٹلکچول ثابت کرنے کی کوشش کرنے لگے۔ لیکن دونوں کے پاس صرف لفظ ہی لفظ تھے۔ معنوں سے محروم۔ جلد ہی دونوں نے محسوس کر لیا کہ جو لفظ بن رہے ہیں وہ ماحول اور ذہنی کیفیت سے ہم آہنگ نہیں ہو رہے ہیں، آفیسر کی نظریں اس کے چہرے اور گردن سے نیچے آرکتی ہیں۔ وقفے وقفے سے وہ اپنے شوہر کو فون کرتی رہی اور آفیسر کو یہ احساس دلاتی رہی کہ وہ شادی شدہ ہے۔ اپنے شوہر کا خیال رکھتی ہے اور یہ کہ اسے گھر پہنچنے کی عجلت ہے۔ ٹیلیفون کے جواب میں اسے جو اطلاعیں ملتی رہیں، وہ یہی تھیں کہ پورے شہر میں کرفیو مسلط کر دیا گیا ہے۔ وہ محصور ہو گئی ہے۔

ریڑھ کی ہڈی پر کنڈلی مارے بیٹھا ہوا خوف سارے وجود میں پھیلنے لگا۔

کیسٹ بدلتے رہے۔ مغربی و مشرقی موسیقی کی آوازیں بے صدا ہو گئیں۔ کیسٹ ختم ہو گئے۔ الفاظ ختم ہو گئے۔ سرخ آنکھیں جھکنے لگیں۔ بدن بوجھل ہو کر دکھنے لگے۔

دونوں کے درمیان شیشے کی دیوار ابھی تک صحیح سالم تھی۔ ٹیپ ریکاڈر بند ہوا تو سناٹا بولنے لگا۔ ایک طویل جماہی۔ چٹختا ہوا بدن۔

"آپ چاہیں تو بیڈروم میں آرام کر سکتی ہیں"۔

بیڈروم تک وہ ساتھ آیا۔ کمرے میں آتے ہی وہ انگڑائی لینے کی شدید خواہش نہ دبا سکی۔ پھر وہ بستر پر بیٹھ کر دن بھر چست کپڑوں میں کسے جسم کو آزاد چھوڑنے کی خواہش چاہتے ہوئے بھی پوری نہ کر سکی۔ نیند سے بوجھل ہو جانے کے بعد اس کا بدن صرف ہلکی پھلکی نائٹی کا بوجھ ہی سہار سکتا تھا۔ اسے نیند نہیں آئی۔ بدن پر منوں بوجھ لدا ہوا سا لگ رہا تھا۔ بیڈ روم کی کھڑکی کھول کر وہ باہر جھانکنے لگی۔ اندھیرا پھیل گیا تھا۔ سڑک ویران تھی۔ اسٹریٹ لائیٹ کی روشنی میں کچھ دور موڑ پر کھڑی پولیس کی گاڑیاں صاف نظر آ رہی تھیں۔ ایک شخص نمودار ہوا۔ پولیس کے جوان نے روکا۔ شاید کرفیو پاس پوچھ رہا تھا۔ وہ شخص گھگیانے لگا۔ خوشامدیں کرنے لگا۔ جوان اسے رائفل کے کندے سے دھکا دے کر گاڑی کی طرف ڈھکیلنے لگا۔

اچانک ہی وہ آدمی پلٹا اور تیزی سے بھاگنے لگا۔ جوان نے رائفل سیدھی کی اور گولی چلا دی۔ وہ آدمی تناور درخت کی طرح گرا۔ وہ کانپ گئی۔ اس نے جھرجھری سی لی اور کھڑکی بند کر دی۔ نیند کا کوسوں پتہ نہ تھا۔ تکیئے سے کمر لگا کر وہ بے دم ہو کر لیٹ گئی۔ بستر میں اجنبی سی مردانہ بو رچی ہوئی تھی۔

دروازے پر آہٹ ہوئی۔ وہی تھا۔

"نیند نہیں آ رہی ہے کیا؟"

"ہاں ابھی گولی چلی ہے"

"یہ سب تو چلتا ہی رہے گا" اس نے لاپرواہی سے کہا۔ "آپ چاہیں تو میں اپنا

سلیپنگ گاؤن دے سکتا ہوں"۔

"نہیں۔۔۔ بس ایسے ہی ٹھیک ہے" وہ سنبھل کر بیٹھ گئی۔ وہ وہیں صوفے پر بیٹھ گیا۔

"آپ کی شادی ہوئے کتنا عرصہ ہوا؟"

"دو سال"

"اوہ۔۔۔۔۔ لگتا نہیں۔ بائی دی وے By the way آپ کی عمر کیا ہو گی۔ اٹھارہ سال سے زیادہ کی نہیں لگتیں"۔

اسے لگا جیسے وہ سرکس کی نیم برہنہ لڑکی ہے جسے دائرہ نما گھومتے ہوئے تختے پر سختی سے باندھ دیا گیا ہے۔ وہ دم سادھے رہی۔ آنکھوں پر پٹی باندھے ہوئے مرد نے سنسناتا ہوا خنجر پھینکا تھا۔

"نہیں۔ بائیس سال کی ہو گئی ہوں" وہ بال بال بچی۔ خنجر تختے میں دھنس گیا۔

"اوہ۔۔۔ نو۔۔۔ بالکل نہیں لگتا۔ آپ شادی شدہ ہیں۔ اس کا بھی یقین کرنے کو جی نہیں چاہتا"۔

وہ تراشیدہ زلفیں جھٹک کر مسکرا دی تو آنچل ڈھلک گیا۔

"اگر آپ اجازت دیں تو کہوں کہ آپ کا بدن بیحد خوبصورت ہے اور آپ اپنے جسم کو ایکسپوز کرنے کا ڈھنگ جانتی ہیں۔ یہ بھی ایک آرٹ ہے۔ ہے نا"

وہ خاموش ہو گئی۔۔۔ اس نے خود کو خول میں سمیٹنے کی کوشش کی لیکن وہ خول تو کبھی کا ٹوٹ چکا تھا۔ شیشے کی دیوار پر ایک کنکر کھن سے لگا۔ شیشہ ریزہ ریزہ ہو گیا۔ کرچیں ایک دوسرے سے جڑی رہیں بکھری نہیں لیکن دیوار کے اس پاس اس کی شخصیت دھندلا گئی۔ آفیسر نے ایک دھکے سے شیشے کی دیوار گرا دی اور کرچوں کے ڈھیر پر پیر رکھتا ہوا اس کے قریب آ گیا۔ کمر کے موڑ سے بہت نیچے باندھی گئی ساڑھی اور بغیر

آستین کے چست بلاؤز سے جھانکتے ہوئے بدن کو گھورتے ہوئے اس نے کہا۔ "کون سا شمپو استعمال کرتی ہیں آپ" ریشمی بالوں کو اس نے چھولیا۔ دوسرا خنجر۔

"پلیز" اس نے احتجاج کیا۔

"آپ جیسی عورت اس لیے نہیں بنائی جاتی کہ اپنے حسن کو سینت سینت کر رکھے۔ آپ یہ بہت اچھا کرتی ہیں کہ اپنے حسن کی ضیاء پاشیوں کو قید نہیں کرتیں" آفیسر کی نظریں اس کے بلاؤز کے گریبان سے ابلتے ہوئے بدن کے جھاگ پر جم گئیں۔ زندگی میں پہلی بار اسے محسوس ہوا کہ وہ بہت ہی ناکافی لباس پہنتی ہے۔ شکاری کو لبھا کر قلانچیں بھرنے والی ہرنی کے فرار کی راہیں مسدود ہوتی جا رہی ہیں۔

خنجروں کی بوچھار۔۔۔ ہر خنجر پر وہ کانپ جاتی۔ پھر جلد ہی وہ جان گئی کہ وہ صرف خنجر پھینک رہا ہے۔ اس کا مقصد جسم میں خنجر پیوست کرنا نہیں بلکہ نشانہ بازی میں اپنی مہارت کی دھاک جمانا ہے۔

اچانک ہی آفیسر نے دونوں کندھوں پر ہاتھ رکھ کر اسے چومنا چاہا۔

"یہ کیا؟" اس نے غصیلی آواز میں کسمسا کر کہا۔

"کچھ بھی تو نہیں۔ آپ نے یقیناً عورت کی عصمت و عفت کے متعلق لکھی گئی عجیب و غریب غیر فطری کہانیاں نہیں پڑھی ہوں گی"

"اوہ پلیز" اس نے منت کی۔

"دیکھئے سمجھنے کی کوشش کیجئے۔ اس ٹینشن کو توڑنا بہت ضروری ہے جو ہم دونوں کے بیچ ہے۔ جب تک یہ تناؤ باقی رہے گا ہم دونوں ہی سکون سے سو نہیں سکیں گے۔ ہم دونوں ٹوٹ جائیں گے۔ کم از کم میں ٹوٹنا نہیں چاہتا۔ اس بے معنی رات کو معنی پہنانا چاہتا ہوں۔ خوف و دہشت کے ہیجانی تناؤ سے ذہن کو نجات دلانے کی یہی بہتر صورت ہے کہ

آپ میری بات مان لیں۔ معمولی لڑکیوں کی طرح بے وقوف نہ بنیئے۔ اور پھر کیا فرق پڑتا ہے۔ آپ تو شادی شدہ ہیں۔"

"شٹ اپ" اس نے ہاتھ جھٹک دیئے اور کھڑی ہوگئی۔

"آپ کی مرضی، میں جبر نہیں کرنا چاہتا"۔

تب ہی فضا میں ایک نسوانی چیخ گونجی۔ کھڑکی کھول کر باہر جھانکنے کی اس میں ہمت نہ ہوئی۔ خنجر ختم ہوگئے۔ تختہ گھومتے گھومتے رک گیا۔ لڑکی تختے سے اتر آئی۔ تختے پر خنجروں سے بنا اس کا سراپا باقی رہ گیا تھا۔ لڑکی نے اطمینان کی سانس لی۔

"وہ باہر جانے کو مڑی تو آفیسر نے شائستگی سے کہا۔

"باہر کرفیو ہے۔ رات بہت ہوگئی ہے۔ کہاں جائیں گی آپ"

اس نے اپنا لباس برابر کرتے ہوئے آفیسر کی طرف حقارت سے دیکھا اور بنا کوئی جواب دیئے گیٹ تک آگئی اسے محسوس ہوا جیسے وہ تار پر چلنے والی لڑکی ہے جس کا توازن برقرار رکھنا بے حد دشوار ہے۔ ہمت کر کے وہ سڑک پر آگئی۔

"اے کون ہے چلو اندر!

اندھیرے میں گرج دار آواز گونجی۔ اس کا جی چاہا کہ دوڑتے ہوئے پولیس کے جوانوں تک پہنچ جائے اور اس آفیسر کی عزت کے پرخچے اڑا دے۔ اس کے اندر چھپی ہوئی ہرنی نے دیکھا۔ اس عفریت نے بہت سی ہرنیوں کا خون پیا ہے۔ اور اس عفریت کو ختم کرنے کے بہانے بہت سے محافظوں نے بھیڑیوں کی طرح ہرنیوں کا شکار کیا ہے۔

وہاں بہت سے بھیڑیئے دانت نکوسے کھڑے تھے۔ ایسے میں وہ اس کی بوٹیاں نوچ کر گولی مار سکتے ہیں۔ کرفیو کی خلاف ورزی کرنے پر گولی مار دینے کا حکم ہے۔ سارا الزام اسی عفریت پر تھوپا جا سکتا ہے۔

"اے۔سنا نہیں۔۔۔ایک قدم بھی آگے بڑھایا تو گولی مار دی جائے گی"۔

موت!

اس کی نظروں میں وہ نوجوان گھوم گیا جسے گولی مار کے گھسیٹتے ہوئے وین میں ڈال دیا گیا تھا۔

وہ ویسے ہی کھڑی رہی جیسے چوراہے پر نصب کردہ کوئی بت ہو۔ چند لمحے گذرے۔ ایک دھماکہ ہوا۔ اس کے پیروں کے قریب دھول اڑی۔ خوف کے سانپ نے اسے ڈس لیا۔ اس گولی نے فرار کی تمام راہیں مسدود کر دی تھیں۔ ہرنی بے بس ہو کر مڑی۔ تار پر چلنے والی لڑکی نے توازن کھو دیا اور جال پر گری۔

باہر خوف و دہشت کی فضا تھی۔ بربریت اور ظلم تھا۔ اس کرفیو کو توڑنے کی اس میں ہمت کہاں۔ ہاں وہ اپنے جسم کا کرفیو توڑ سکتی ہے۔ ایک راستہ تو اسے چننا ہی ہے۔

جھولے پر لٹکی ہوئی لڑکی جھولتی رہی۔ قریب ہی وہ مرد ہاتھ پھیلائے اسے تھامنے کی کوشش کر رہا تھا۔ جھولے پر لٹکتی ہوئی لڑکی نے سوچا کیا فرق پڑتا ہے۔ پرسکون پانی پر پتھر پھینکنے سے لمحے بھر کو لہریں بنتی ہیں۔ طوفان تو نہیں آتا۔ پھر پتہ بھی نہیں چلتا کہ پتھر کس جگہ پھینکا گیا تھا۔ پتھر تو گہرائی میں کہیں کھو جاتا ہے۔

جھولے پر لٹکتی ہوئی لڑکی نے مرد کے ہاتھ تھام لیے اور جھولا چھوڑ کر لٹک گئی۔ مرد فاتحانہ انداز میں پینگیں لینے لگا۔

جسم پر لگا کرفیو اٹھ گیا۔ آگ۔ فائر بریگیڈ کی گھنٹیاں پائپوں سے ابلتا ہوا پانی۔ دھواں۔ خون۔ پھر سکون!!

* * *